Fan
ファン文庫

JN131156

ぬいぐるみ専門医
綿貫透のゆるふわカルテ

著　内田裕基

マイナビ出版

CONTENTS

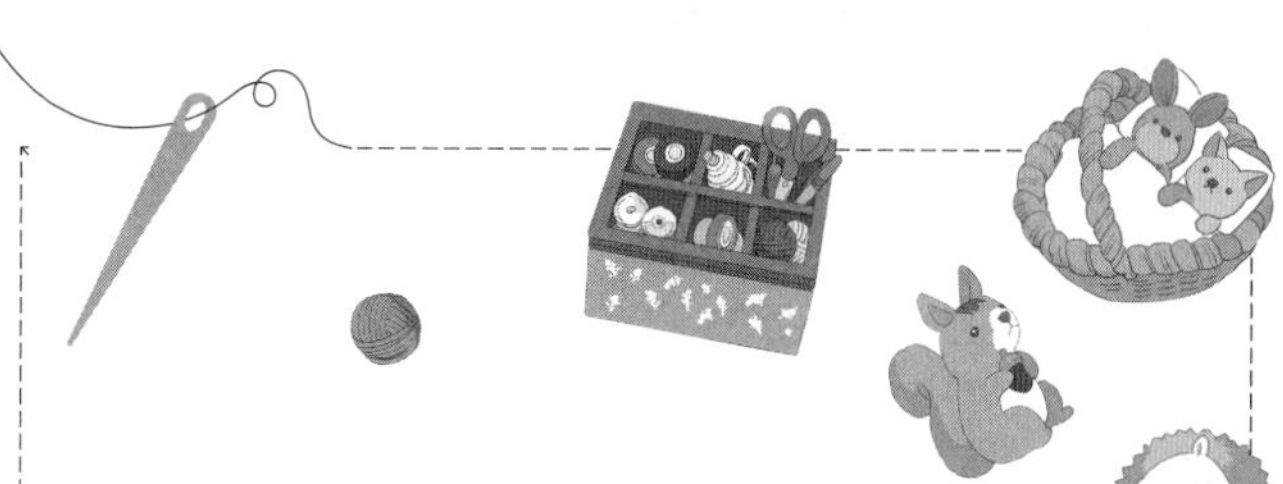

ぬいぐるみ専門医

綿貫透のゆるふわカルテ

内田裕基
Hiroki Uchida

Stofftier Spezialist
Toru Watanukis
"Yurufuwa" Karte

カルテ1　ほつれた親子も修復します

　枯れ葉を踏み締める音が、新たな季節の到来を感じさせる。

　男は冷たい風を避けるように小径《こみち》を歩いていくと、洗剤の香りが鼻先をくすぐった。

　都心から少し外れた武蔵山《むさしやま》駅の改札を出て徒歩一〇分、古びた商店街の中にその店はあった。

　若者が集う原宿にあってもおかしくはない、ポップな色彩で彩られた看板には『ぬいぐるみの治療ならお任せください！　ぬいぐるみクリニック』と丸みを帯びたロゴとうさぎのイラストが象《かたど》られている。

　『ぬいぐるみクリニック』――その名の通り『ぬいぐるみ』を治療する病院である。

　男は店のドアをゆっくりと押して開くと、板張りの床に淡い光が差し込んでいく。ポップな外観と打って変わって、室内は木の温もりが感じられる柔らかな印象だ。

　そして次に男の目に入ったのは、少年と見紛《みまが》う程の華奢《きゃしゃ》な青年だった。

青年はハリネズミのぬいぐるみを掲げながら、セーターの袖口をあてがい欠伸《あくび》をしている。同性から見ても女性的な麗《うるわ》しい容姿が備わっている、ぬいぐるみが似合う男子だった。

……彼はこのお店の店主なのだろうか。男はそう思うが、青年はこちらに気付く様子がまったくなく、目の前のぬいぐるみに微笑《ほほえ》んでいる。

「えーと、あのう……」

そう声を掛けたところで「すみませんっ」と青年はようやく気付く。水色のエプロンの紐を慌てて結び直しながら、青年は男に尋ねた。

「もしかして、御電話してくれた方ですかっ？」

「ルポライターの明地創《あけちはじめ》と申します。もしかしてあなたが……」

「はい。『ぬいぐるみクリニック』店主の綿貫透《わたぬきとおる》です。今日はよろしくお願いしますっ」

明地から名刺を受け取った透が丁寧《ていねい》にお辞儀をすると、先程感じた柔らかい洗剤の香りが漂《ただよ》った。

ふわりとした空気を纏《まと》った透は、親しみを持てそうで明地はほっと安堵《あんど》する。ルポライターの明地は、三〇代を少し過ぎた疲れと穏やかさが入り交じった風体《ふうてい》の男だった。

そんな明地が『ぬいぐるみクリニック』に足を運んだのは、SNSで偶然見かけたこの店が気になってしまったから。ここしばらく雑誌の取材記事だけで糊口《ここう》を凌《しの》いでいた明地は、ライターとして新たな仕事がしたいと日々思っていた。そんな時にテレビで『ぬいぐるみクリニック』の存在を知り、このお店についてまとめた記事を雑誌に掲載することを思い立ったのだ。

明地はすぐさまお店に取材を申し込むと、『お店の宣伝になるなら』と快諾《かいだく》されて、こうして今に至っている。

「では、早速取材させて頂こうかなと……」

「はい。『ぬいぐるみクリニック』の名前の通り、この病院の患者は『ぬいぐるみ』なんです」

透は手元にあったハリネズミのぬいぐるみを掲げ、ゆるやかな笑顔を作った。

世の中にある大抵のぬいぐるみは、長い年月をかけて中の綿が収縮したり、生活汚れがついたり、粗雑《そざつ》に扱うことでどんどんと劣化していく。最初に持ち合わせていた愛くるしい見た目から離れていってしまうものだ。

このクリニックではぬいぐるみを新品のような見た目に修繕《しゅうぜん》する治療を行っている。

ぬいぐるみ専門のクリーニング店と言ったら分かりやすいが、全ての『患者』の治療が洗ったり乾かしたりで済む訳ではない。

「最初にお客様とその『患者』さんにカウンセリングをすることで、より適した治療法を探ります。ぬいぐるみの肌にあたる布は繊細なものが多いですし、お客様にとって家族そのものな子もいますので、大事に優しくに扱ってあげないといけません。治療が始まるまでは診察室にあるふかふかのタオルを敷き詰めたバスケットの中で入院することになっていて、順番が回って手術が終わると退院になる……というのが基本的なシステムですね」

「なるほど、今日は私以外にもお客さんが？」

明地がそう尋ねると、透は栗色の癖毛を指でくるくると弄びながら、ぼんやりと気の抜けた声を発した。

「いえ、今のところは。なので今日は明地さんが帰ったら店仕舞いですかねー」

ニッチなコンセプトのせいなのか繁盛している訳ではないようで、取材を受ける余裕があるのもそれが理由らしい。

しかし今の明地にとってそれは『好都合』だった。

「取材とは別に、綿貫さんにお願いしたいことがあるのですが……」

「なんでしょうか？」

きょとんとした顔で透がそう答えると、明地は鞄を床に置き何かを取り出そうとする。

「……綿貫さんに、治療のご依頼をしてもいいでしょうか？」

明地の目的は『取材』だけではなかった。その手に摑《つか》まれていたのは……。

「わあっ、かわいいうさぎさんですね。じっくり見させて頂いてもいいですか？」

真っ白なうさぎのぬいぐるみに目を輝かせる透に驚きながら、「どうぞ」と明地はぬいぐるみを手渡した。

「両耳に花冠《はなかんむり》が着いてるのが独特でかわいいですね。生地《きじ》もしっかりしてます。ハンドメイドなのかな。これは明地さんのぬいぐるみですか？」

「いえ……」

明地がその言葉の先を言い切る前に、透は「あっ」と、何かに気付く。

「大きな染みがありますね……ソースか何かでしょうか？」

ぬいぐるみの腹部に点々とした丸い染みを見つけたようだった。透は躊躇《ちゅうちょ》することなく丸い染みに顔を寄せ匂いを嗅いでいる。

「それ、娘がこぼした醬油《しょうゆ》なんです」

奇行とも言える透の動きに驚きながら、明地は言う。

ぬいぐるみは明地の所有物ではなく、自分の娘のもののようだ。

「うさちゃんを抱きながらご飯を食べたりしたのかな」

「実はその……事情があって、詳しくは知らないんです」

「事情、というのは？」

透が小首を傾《かし》げて尋ねると、明地は訥々《とつとつ》と『ぬいぐるみにまつわる事情』について話し始めた。

「このぬいぐるみは、娘にねだられて私が買ったものなのですが……」


それはおよそ三ヶ月前。明地が取材を終えて遅くに自宅に帰り、晩御飯を共にできなかったことを娘の莉緒《りお》に謝っていた時だった。当時の明地は仕事に追われていて、家庭を顧《かえり》みなかった。

「ごめんな、待ってくれたのに間に合わなくて」

「……いいよ、お父さん、忙しいんでしょ？」

莉緒は傍《かたわ》らに立つ父に目を向けず、テレビに視線を固定したままだった。

怒っているのかと明地は思ったが、そうではなかったらしい。

「ね、あれ見て！」

振り向いた莉緒は満面の笑みで、テレビの画面を示していた。

そこに映っていたのはぬいぐるみ作家を扱った特集番組で、そのぬいぐるみの可愛さに目を奪われていたのだ。

「誕生日プレゼント、まだ欲しいの言ってなかったよね！　あれにしてよ！」

番組の特集を見ていると、その作家が作るぬいぐるみは全てハンドメイドで、莉緒が欲しいとねだったのは、ネットでは買えないイベント限定品のぬいぐるみだと分かった。

テレビに映る行列を見て、自分もここに並ばないといけないのかと想像し明地は冷や汗をかく。二種類あるぬいぐるみの違いも、その良さも明地には分からなかった。

「もっと簡単なものにしないか？　今の仕事が落ち着かないと手に入らないかもしれなくて――」

「いつになってもいいから。あの子がいいの、これが欲しいの」

莉緒はそう言って聞かなかった。滅多に我《わ》が儘《まま》は言わない子だからこそ、本気であのぬいぐるみが欲しいことが伝わってくる。今抱えている仕事のことが頭に過《よぎ》り、明地は嘆息する。

すると、台所から娘を後押しする声が飛ぶ。明地の妻の侑子《ゆうこ》だった。

「たまには娘の我が儘も聞いてよ」

家庭よりも仕事を優先することが原因で夫婦仲はあまり良くなく、それを察知している娘の莉緒に申し訳なく思っていた。妻の後押しもあり、娘が喜ぶ顔が見られるのなら……と重い腰を上げて明地はぬいぐるみが売られている会場にまで足を運んだ。

「数少ない有休を使って並んで手に入れた甲斐があって、娘はプレゼントをとても喜んでくれました。なのに……」

仕事の付き合いで酒を飲んで帰ったとある日、明地は驚いてしまった。

苦労して買ったぬいぐるみがあられもない姿になっていたからだ。『ぬいぐるみクリニック』に持ち込まれる原因となった、醤油の染みがついていたのだ。

明地は汚れてしまったぬいぐるみを見て理由も聞かずに激昂《げきこう》してしまった。それを火種に夫婦喧嘩が勃発し、ついには別居することになってしまった……というのが事の顛《てん》末《まつ》だ。

「かっとなった私が悪いんです。事情も聞かずに相手を非難してしまう。そういうところが原因で家庭が上手くいかなかったんだと、今になって思うんです。家族が元に戻ることはもうないけど、少しずつ謝っていきたくて……置いていってしまったこのぬいぐるみを、そのきっかけにしようと……」

その途中で言葉が詰まった明地は目を伏せる。透は親身になるように穏やかな表情を作った。

「そういうことでしたか……」

「すみません。最初は本当に取材だけのつもりだったのですが、先程のような問題がありまして……」

「いえ。このクリニックは『ぬいぐるみにまつわる事情』を抱えている人が来ることが多いんです。『ぬいぐるみ』をカウンセリングすることで、その事情を知ってしまうことはよくあります」

明地の家族にとって、ぬいぐるみは一家の未来を左右する重要な繋がりだった。それが汚れてしまったことで、繋がりが解《ほど》けてしまったのだろう。

「このぬいぐるみを、綿貫さんに治療して頂けないでしょうか」

透はゆっくりと頷くと、優しい笑顔を見せた。

「任せて下さい。必ずやうさちゃんの汚れを落として、親子仲を取り戻してみせます」

「よろしくお願いしますっ」

透の『うさちゃん』呼びが気になりつつも明地は頭を下げる。すると何かを思い付いたのか透は叩くように手を合わせた。

「明地さん。治療の前に、一つ、提案があるのですが」

「提案、というのは？」

「このうさちゃんの退院を、お子さんと一緒に出迎えてあげるというのはどうでしょう？」

「娘をここに連れてくる、ということですか？」

「ええ、綺麗になったぬいぐるみを渡して、過去の汚れを洗い流しましょう」

透はうさぎのぬいぐるみを木編みのバスケットに入れ、受付にあるカウンターテーブルの奥にある部屋に運んでいく。取材のために撮影許可を貰った明地は、透に続いて歩いていった。

部屋の入り口には『診察室』と書かれた札が掛かっている。中に足を踏み入れると、クラシックなテディベアやネズミのぬいぐるみ等、バスケットに眠っているたくさんの患者が目に映る。まるでお金持ちの子供部屋のようなファンシーさで溢れた圧巻の光景だった。

呆気に取られていた明地は、写真を撮るという目的を思い出し、慌ててカメラを構える。透はそんなことは気にもせず、ゆるりとした口調で明地にこう尋ねた。

「明地さん、このお店のことはどこから？」

「ああ、SNSですよ。施術されたぬいぐるみの写真が流れてきて、目に留まったんです」

「そうなんですね。てっきり警察からかと思ってました」

「警察っ？」

突然飛び出た意外なワードに大仰《おおぎょう》な反応をしてしまった明地は、誤魔化すように咳払いをした。

「すいません。こういう仕事をしてると、『警察』という言葉に条件反射してしまいまして」

「いえいえ、確かに唐突でしたよね」と、透は微笑して話を続けた。

「ぼくの友達が武蔵山《むさしやま》署の生活安全課で働いてるんです。そこに設営されている『何でも相談室』にぬいぐるみの相談がたまにあって、紹介されてやって来るお客様も多いんです」

「なるほど。確かに武蔵野署は商店街からそこまで遠くないから、気軽に来られそうですが……」

まさか警察関係の繋がりがあるとは思わなかった。明地は若くして変わったお店を経営してる透に抱いた不思議な印象を更に増幅させる。いずれ時間を作って話をじっくり聞いてみたいと明地が思っていると、透は話を切り換えるようにぽん、と手を叩いた。

「……さて。今日はお客さんも来ないみたいなので、この子の治療をもうしちゃいます」

透は椅子に腰を下ろすと、うさぎのぬいぐるみをデスクに置かれた小盆のような診察台に優しく載せた。

改めて明地は辺りに目配せする。診察室にはぬいぐるみを洗うための洗濯機や乾燥機、ミシン等の機械類、鋏《はさみ》や針山に様々な色の糸や布、ボタンが手芸屋のように取り揃えられている。

「このぬいぐるみの場合は、一体どんな施術をするんですか？」

明地がそう言うと「そうですねえ……」と、うさぎのぬいぐるみを目を凝《こ》らして観察しながら、透は口を開いた。

「まだお肌の状態も良いですし……綿を入れ替える必要もないですね。そうなると、染み抜きだけでいいのかなと思います」

肌というのはぬいぐるみの布にあたる部分を指しているのだろう。明地がそう推察すると、透はぬいぐるみを愛しそうに触りながら、こう呟いた。

「――オペを始めましょう。優しく丁寧に洗いますから安心して下さい、綺麗になりましょうね」

まるで生き物に語りかけるような、穏やかで心地良い声音だった。

施術の準備を手際よく始めた透は、洗面台に置かれた洗い桶にお湯を張ると、その水温を慎重に測っている。……ぬいぐるみを桶の中で洗うのだろうか。もっとハイテクなやり方をするものだと思い込んでいた明地は、思わず透に尋ねてしまった。

「洗濯機は使わないんですか？」

「ええ、今回は特に洗濯機はよくないですね。繊細なこの子の肌がダメになってしまいます。なので全て手作業ですね」

透はそう言いながら片手で摑める程の大きさの棒をデスクの上に置く。棒の先に巻かれた布に漂白剤を塗布《とふ》し、ぬいぐるみの染みの部分にとんとんと叩きながらゆっくりと馴染ませ始める。

「この子の肌に使われているフェルト生地は繊細なんです。ウールと呼ばれる繊維を絡ませて縮ませているから、普通の洗い方をしてしまうとフェルト生地の良さである柔らかい風合いが落ちてしまうわけです」

「ウールというのは、セーターとかの？」

「そうです。ウールのニットとかって、洗濯すると縮んじゃうじゃないですか。そういうことです」

丁寧な透の対応に無遠慮に話しかけていることを明地は気付く。治療の邪魔になっていないだろうかと思っていると、

「明地さん。取材なんですから、遠慮なく何でも聞いて下さいね」

そんな心中を見透かしたかのように透はにっこりと笑顔で言った。良い記事を書くには取材相手の協力が不可欠だと感じている明地には、透の対応はとても心強いものだった。

水温計が三〇度と表示されると、ぬいぐるみの染みの部分を浸《ひた》すようにお湯にそっと沈めていく。

「ゆっくりお湯に浸けていきますからね……」

明地が聞く限り、繊細な生地には適切な温度のようだ。眠っている赤ん坊を撫でるように優しく手洗いをしながら、突然透はぽつりと呟いた。

「どうしてお子さんは、うさちゃんを汚すようなことをしたのでしょう？」

「どうしてって……食事中に溢《こぼ》したんじゃないでしょうか。着いているのは醬油の染みですし」

「誕生日に欲しがっていたぬいぐるみですよ？　肌身離さず持っていたい気持ちも分かるけど、それ以上に汚さずに大事にしていたい気持ちもあるんじゃないでしょうか」

「確かにそうですが……」

「ぼくなら一人でいても寂しくないような可愛いおうちを作るので、食事中まで一緒ってのはないですけどね」

成人男性が食事中にぬいぐるみを抱えている方がなかなかないシチュエーションだろう、そう明地は言いかけたが口を噤《つぐ》んだ。

「……よし、これで汚れは綺麗に落ちましたよ」

洗い桶の中に入っていたぬいぐるみの肌は、染みが消えて元の白さを取り戻していた。

「後は一日かけて乾かせば、『退院』になりますね。是非お子さんと一緒に、この子を迎えに来てあげて下さい。この子もきっと喜びます」

「ええ……。あっ、早速連絡が来ました」

スマホを取り出すと、現在実家に帰っている妻からメッセージが届いていた。その内容を確認した明地は、透に苦笑してこう伝えた。

「ぬいぐるみを黙って持ってきたのが娘にバレちゃったみたいで、『いなくなった！』と大泣きしているようです。一応妻にはこのクリニックに持ち込むことは伝えて借りてきたんですけど……」

「そうでしたか。でしたら早く染みが消えて綺麗になったうさちゃんを見せてあげないと——」

そう言いかけた透は「あっ、そうか」と、何かに気付いた様子を見せる。

「どうしたんですか、綿貫さん？」

当然の如く疑問を口にする明地に、透は真剣な顔でこう返した。

「明地さん。お願いごとをしてもいいでしょうか」

「はあ。私にできることであれば……」

「このうさちゃんのぬいぐるみについて、詳しく調べて欲しいんです」


『ぬいぐるみクリニック』から自宅に帰った明地は、今日一日の取材をまとめる作業を行っていた。クリニックを題材にした企画は、まだ正式に決まってはいなかった。知名度の低い題材には珍しさはあるが、簡単には需要に繋がらないからだ。出版不況と呼ばれている昨今では、このような未知の企画には尚更精査の目が鋭くなる。なので、実際には取材をしながらどんな形の記事にしようか思案をしているところだった。

一通り文書にまとめ終えた明地は、透に頼まれた『ぬいぐるみ』についての調べごとを始める。

透はどうやらインターネット全般に疎《うと》いらしい。スマートフォンを持ってはいるがカメラ機能でぬいぐるみを可愛く撮影するアプリ以外は、使い方がてんで分からないようだ。今時の若者とは思えないアナログっぷりだが、クリニックがあまり知られていないのは、SNSのアカウントやホームページが存在しないからだと同時に明地は気付いた。

ぬいぐるみのタグについていたブランド名を検索すると、ぬいぐるみ作家のホームページに辿り着く。明地はそのアドレスを透にメールで送ることにした。いくらインターネットに疎いといっても、リンクをクリックして中身を確認することはできるはずだろう。

サイトに目を通してみると、作家は最近人気が出始めた業界では新鋭的な存在で、明地が足を運んだイベントで発売したぬいぐるみは新作の二種類のみ。テレビで特集されるぐらいの人気だからか、明地が買い終えたすぐ後に完売してしまっていたようだった。

売られていたぬいぐるみの良さは明地には分からなかったが、それだけ人気で販売個数が少ないのなら、あの行列の中に転売屋がいてもおかしくない。実際にオークションサイトを調べてみるとそのぬいぐるみがいくつか売られていた。自力で並んで手に入れたのに、実際には不埒な輩も交ざっていたとは……と明地は嘆息するしかない。

……それにしても。透はどうしてこんなことを調べさせたのだろう。ぬいぐるみの汚れに『何か別の理由』を見出したのだろうか。いや、ただ単に気に入って販売元が知りたかっただけかもしれない、そう結論付けて明地は眠りに就くことにした。

後日。ぬいぐるみが『退院』する日になり、明地はクリニックに足を運んだ。

娘の莉緒とは母親と買い物を終えてから合流することになっていたため、事前に施術を終えたぬいぐるみを見せて貰うことになったのだが……明地は、その『変わり映え』に目を見張った。

「えっと、これは……？」

「これは一つのぼくの『予想』です」

透は綺麗になったぬいぐるみの『とある部分』に触れながら、そう答える。

『予想』とは、一体……」

疑問を口にするが、その回答を得る前に明地のスマホに着信が入ってしまい、莉緒を迎えにその場を後にする。

そして数分後には明地は莉緒と一緒に再び店に戻ってくる。どうやら母親は近くで時間を潰しているらしい。手を繋いでやってきた様子を見るに、二人の仲はまだ解けてないように透には思えた。

「こんにちは、お名前を聞いてもいいですか？」

「……莉緒です。明地莉緒。お兄さんは？」

「綿貫透です。ぬいぐるみのお医者さんです」

透は莉緒の目線の高さまで屈《かが》んで、楽しそうに話しかける。

すると、明地は透の肩を叩き、娘に聞こえないようにそっと耳元で尋ねた。

「すいません、『これ』を娘に見せて良いものなのでしょうか？」

それもそのはずだった。ぬいぐるみの腹部にあった染みはしっかりと綺麗にされていたが、その上に新たな斑《まだら》の模様が出来上がっていたからである。茶色い布を丸い形に切り取った物を貼り付けたのだろう。布の素材もぬいぐるみと同じフェルトの生地にしていて、まるで元からあった柄のように違和感なくぬいぐるみに馴染んでいた。

「大丈夫です。仮縫いなので、すぐに外せます」

「いや、そうじゃなくて、どういう意図があってこれを……」

動揺する父親を余所《よそ》に、嬉しい悲鳴を上げたのは莉緒だった。

「わあっ、すごい！　お父さん！　見せて見せて！」

喜びに満ちた顔で莉緒は父親の腕からぬいぐるみを手繰《たぐ》り寄せ、ぎゅっと抱き締めた。

ぬいぐるみの異変を難なく受け入れる様子を見て、疑問符を浮かべながら父親は娘に問いかけた。

「えっと、お腹の部分が変わってるけど、いいのか？」

「うん、これが欲しかったの」

「これが……？」

　すると、透は顎に手を当て、まるで名探偵かのように語り始めた。

「染み抜きをしてるときに思ったんです。莉緒ちゃんがぬいぐるみに染みをつけたのは『わざと』なんじゃないかって。そうじゃなければぬいぐるみを勝手に持ち出したぐらいで泣き喚いたりしないはずです。大事にしてなければ涙は流れませんから」

「だとしたら、どうして『わざと』そんなことを？」

　そう明地が問い返すと、透は莉緒の持つぬいぐるみの腹部に目を遣《や》りながら、話を続ける。

「きっと、言えなかったんですよ。お父さんが頑張って買ってきたぬいぐるみが、自分の欲しかったものじゃなかったってことが」

「欲しかったものじゃない……？」

　透の言葉に莉緒は申し訳なさそうに黙って頷《うなず》く。それは透の推察が当たっていることを意味していた。

　莉緒からぬいぐるみを預かった透は、その腹部を指し示してこう言った。

「このぬいぐるみ、二種類あるのは知ってますよね？」

「そうか――」と、明地はようやく理解することができた。

明地は改めて調べるまですっかり失念していたのが、限定販売の二つのぬいぐるみの『違い』だ。それは『真っ白なうさぎ』と、『真っ白なボディに、お腹に斑の模様が着いたうさぎ』の二種類だった。明地が買ってしまったのは『真っ白なうさぎ』で、透がパッチワークで再現したのはもう片方のうさぎの模様だったのだ。

「……そうでした。並んでるうちに片方が売り切れたこともあって、買えたことの達成感が強くて……これは莉緒が欲しかったものじゃないって、気付けませんでした」

明地のようなぬいぐるみに馴染みのない人物には、二つのぬいぐるみにある微細な違いに敏感になるのは難しいだろう。透に言われてぬいぐるみについて調べても、その二つの違いが原因になっていることに気付けなかった程だ。

「莉緒ちゃんは、頑張ってくれたお父さんにそのことが言えなかったんだよね？　だから自分でその模様を作ろうとした」

そう透が言うと、莉緒は涙を溜めながら明地のもとに歩んでいった。

「……ごめんなさい、お父さん」

「いいや、お父さんこそ。訳も聞かずに怒るなんて、莉緒が欲しいものもちゃんと買えないなんて、父親失格だった」

「そんなことない……これからもお父さんでいて？　お母さんとお父さんの莉緒でいた

いから」

震えた声を発する莉緒を、明地はぎゅっと抱き締める。たった一つの小さなすれ違いが解消されて、元の親子に戻った瞬間だ。その様子を見守っていた透はきゅっと唇を結び、静かに笑みを作った。

その後、透は莉緒に頼まれ、仮縫いしていた模様をきちんと取り付けて彼女に渡してあげた。莉緒は御礼を言うと、仲直りした父と手を繋ぎ一歩踏み出していく。

二人が手を繋いだ先には母親が立っていて、ぬいぐるみと三人は商店街の雑踏に紛れていく。明地の家庭が以前のように戻るかは分からない。しかし、三人の握る手の間からは、明るい希望が漏れ出ているように透には思えた。

「――御大事に」

朗《ほが》らかな声で、透はそう呟いた。

後日、明地は取材のために再び店を訪れていた。

明地の家族は再び同じ屋根の下で暮らすようになったらしい。あれからぬいぐるみを買い与えることが増えてしまったようだ。その報告を受けた透は自分のことのように喜びを頬に浮かべた。

「まだ記事は完成してないんですけど、企画が通ったので雑誌には無事に掲載できそうです」

「おおっ、良かったです！　雑誌に載ったら忙しくなっちゃいますかね～」

「そこまでは保証できないですけど……」

頭を掻《か》きながら明地は苦笑する。

「さて、取材の前に看板を仕舞ってきますね」

閉店後に取材を受けることになっていた透は、店の出口に歩いていく。しかし扉を開けた瞬間、透は足を滑らせたのか「うわっ」と叫びを上げて倒れていった。

「綿貫さんっ⁉」

明地は席を立ち慌てて出口に駆けていく。

しかし透は転ぶことなく、誰かの胸にもたれ掛かっている。そして低く落ち着いた声が淡々と響いた。

「……お前、相変わらず何もないとこで転ぶよな」

「相変わらず？　今週はまだ一回しか転んでません」

「いや、今日は火曜だし週が始まったばかりなんだが」

透の身体を受け止めたのは、まだ二〇代であろう容姿の長身の青年だった。すらりとした体躯《たいく》にダークグレーのスーツが綺麗に収まっている。片手に携えたベージュのコートと調和が取れていて、ただの社会人には思えない隙のない空気をまとわせていた。

透を自分の身体からゆっくりと離した男は、店の中にいる明地に気付きじろりと見た。感情の読めない切れ長の瞳を向けた男は、靴音を立てながら明地に近付いていった。

「誰だ、あんた。もう閉店だろ」

温度の感じられない声には刺々《とげとげ》しさがある。威圧感を身体にずしりと感じた明地は狼《ろう》狽《ばい》するしかない。

困惑している明地と睨む男の間に透は慌てて立つと、こう言った。

「ルポライターの明地さんですっ。この間話したでしょう」

「ああ、取材の人か」

男はすんなりと頭を下げ、片手に持っていたコートの下から紙袋を取りだし、待合室のテーブルに置いた。

「これ、隣駅に行く用事があったから、ついでに買ってきた」

「『ゆき光』のトンカツ弁当じゃないですか！　確かに良い匂いがしますっ、お腹が空いてきた！」

「だろ。好きそうだなと思って」

透は目を輝かせながら、紙袋の中身をテーブルの上に並べている。

「そうだっ、近所の人から漬け物を貰ったんです。一緒に食べましょう」

楽しそうに店の奥に消えていきそうになる透を、明地は慌てて呼び止める。慣れ親しんだ関係であることは明地にも容易に想像がつくが、このまま忘れられてしまいそうなぐらい、縫い目なく二人の空間が出来上がっていたからだ。

「そうでしたそうでした。御紹介できてませんでしたね。こちら、ぼくの友達の英秋《はなぶさしゅう》くんです」

「ああ、どうも」

「秋くんは武蔵野署の警察官なんです」

「ああ、この間言っていた警察官の……」

「はい。何か相談したいことがあれば、何でもどうぞ」

仕事用の丁寧な口調で秋は生活安全課の名刺を明地に渡した。

名刺交換を終えた明地は、早々に取材を終えた方が良いと思った。二人の時間を邪魔するべきではないなと、その仲の良さから感じたからだ。

「結局、どうして莉緒が斑模様のぬいぐるみを欲しがっていたって分かったんですか」

明地は気になっていたことを単刀直入に尋ねた。

「莉緒ちゃんの気持ちを読み取れた、理由ですか？」

「はい。染みだけで判断したっていっても、偶然だった可能性だってある。その根拠が知りたくなりまして」

ぬいぐるみに斑模様の染みができたのは偶然で、透がぬいぐるみに施した処置は相手を怒らせる可能性は充分にあった。

なのに迷いもなく解決に導いたのには、透の能力があるから分かる『何か』があったのではないかと明地は思ったのだ。

つまりこれは、答え次第では明地の書く記事のストロングポイントになり得る質問だった。

「そうですねえ。根拠といっても、ぼくにはトラブルを解決するような特殊な能力はありません。絶対的な確証があった訳ではなくて、本当になんとなくだったんですが……」

透はエプロンのポケットに手を突っ込むと、言葉を探すようにゆっくりと目を伏せる。

「ぬいぐるみはたくさんの愛を受けて大事にされる存在であるべきだと、ぼくは思うんです。だからか、大好きなお父さんからのプレゼントを汚してしまったことに理由があるって思いたかったのかもしれません」

ポケットから取り出したハリネズミのぬいぐるみを、透は愛おしそうに撫でながらそう言った。特殊な能力はなかったとしても、目の前にいる人物は『ぬいぐるみ』と心を通わしている。その思いやりが事態を解決したのだろう。明地はそう悟った。

しかし、透が言いたいことはそれだけではなかったようだ。

「……それに、斑模様の方が可愛いじゃないですか！」

「……えっ」

明地は思わず膝から頽《くずお》れそうになる。

「失礼ですが明地さん、可愛さという概念を理解する審美眼をもっと磨くべきだと思います。そうじゃなければ今回のようなことはそもそも起こらなかったんですから。仲直りはできたかもしれませんが、莉緒ちゃんもそのことに関しては呆れていると思いますよ」

不満げな顔で透はそう言ってのける。

まさか責められるとは思わず明地は啞然としていると、頷きながら聞いていた秋が話をまとめるようにこう呟いた。

「要は今回のことは、チーズケーキをチーズタルトと間違って買ってこられたものだと思えば、分かりやすい」

「いや、よく分からないですけど……」

納得できずにいる明地の顔が面白かったのか、声を出して透は笑ってしまう。それは少年のようなあどけなさを残した人懐っこい笑顔だった。

カルテ2　綿に隠れたメッセージ

時間は平日のお昼時だった――。

お昼御飯を買いにきた人で繁盛している商店街と違い、少し離れた場所にある『ぬいぐるみクリニック』は閑古鳥《かんこどり》が鳴いている。

「あのう、刑事さんはどうしてここに？」

さも当然のようにクリニックにやってきていた警察官・英秋はそう尋ねられた。

「まあ、昼休みなんで、昼食を済ませに」

受付近くにあるテーブルに秋は腰を下ろすと、鞄から市松模様の風呂敷の包みを取り出した。

「警察署にもお昼を食べる食堂はあるのでは？」

からかうように微笑みながら、店主である透はそう言った。

「……混雑した場所で忙しない食事をするのは、俺の趣味じゃないからな」

ぶっきらぼうにそう返すと、テーブルに置いた風呂敷包みの結び目を丁寧に解《ほど》いていく。その中から現れたのは檜《ひのき》の弁当箱だった。

「あはは、からかってごめんなさい」

お茶碗とプラスチック容器を持った透は彼の隣に座る。今日は少し曇った空模様だからか、栗色の癖毛が少し跳ねていた。

「秋くんは人がたくさんいる食堂が嫌いなんですよね。食堂が混んでるなら職場の人と外食でもすればいいのにって思ったりもしますけど」

「残念、俺は弁当派だからな。こうするしかない」

「じゃあしょうがないですね」

まるで職場に友人がいないと言っているようなものだが、透は意に介さず楽しそうにプラスチック容器の蓋を開けている。そして秋の弁当を覗き込むと、その中身の充実っぷりに感嘆の声を漏らす。

「このお肉、何を挟んでるんですか？」

「ああ、オリーブとチーズだよ。牛肉で巻いて焼くんだ。後は卵焼きに、ハムとキャベツの炒め物とかだな」

「相変わらず手が込んでますね。ぼくは商店街の人にお裾分けして貰った総菜に患者さんに頂いた玄米を炊《た》いただけです」

「お前、それ全部貰ったものなのか……相変わらず適当な食生活だな」

秋の苦言をスルーした透が「いただきます」と手を合わせると、ドアが開いてお客さんがやって来た。

「透くん。お楽しみのところ、邪魔しちゃったかな」

店に入るなり透に声を掛けた女性は、デイパックとキャップとスニーカーが似合う、ボーイッシュな着こなしをしている。

「いえいえ。約束の時間、一時間後でしたよね？」

「ちょっと早く来たの。秋くんに会える気がして」

「もしかして……桂詩織《かつらしおり》か？」

箸を摑んだままの秋はそう尋ねる。クリニックにやって来た女性は、透と秋の高校時代のクラスメイトである桂詩織だった。

「驚くならもっと派手なリアクションしてくれないかなあ。そういうところもそうだし、仲良くお昼食べてるところも変わらないよねー」

「詩織のとっつきやすさも相変わらずだな」

高校時代の桂詩織は男女分け隔てなく接する、誰からも好かれるような明るい生徒だった。二人と詩織は卒業以来の再会なのだが、その変わらぬ気質のせいかブランクを感じさせない距離で話していた。

「それで、詩織がどうしてここに？」

「駅前の手芸屋さんで買い物してる時に、ひさびさに会ったんです」

「お店の中で転びそうになってるのを見て、もしかしたらって思ったんだよね。高校時代からまったく変わってないんだもん。まだ二人がこうして一緒にいるとはねえ……」

詩織の言う通り、透は秋と高校からの長い付き合いだった。高校や大学を出て、社会人になっても昼食を共にするような関係性は、端から見ると珍しく映るに違いない。

「その時にクリニックのことを話したら、ちょうどお願いしたいことがあるって桂さんから聞いたんです」

「そう。今日ここに来たのはそれが本題」

背負っていたデイパックを詩織は椅子に降ろすと、中身を探り始める。

「最近までニューヨークで役者修業をしてたんだけど、おばあちゃんの具合が良くないって聞いて、しばらく日本に戻ることにしたの。それでね……あったあった」

デイパックの中から取り出したものは、色褪せて糸もほつれている、中身が出そうなぐらいボロボロになったぬいぐるみだった。

「おばあちゃんがずっと大事にしてたぬいぐるみ」

「これは……カエルさんですかね」

「いや、クマじゃないか」

正体の分からないぬいぐるみを透と秋は興味深そうに観察していると、詩織はその持ち主の話を始めた。

「おばあちゃん、最近倒れちゃったの。そしたら記憶がぼんやりとしてきちゃったみたいで。まだ家族のことはかろうじて覚えてるけど……そしたら、このぬいぐるみだけは捨てないでくれって、急に言い出してさ」

「随分年季が入ってますが……いつ頃からこの子を持ってるんですか？」

透がそう尋ねると、詩織は「分からない」と首を振る。

「でもおばあちゃんにとって、きっと忘れたくない思い出の象徴のはずなんだ。だから最初に手にした頃みたいにぬいぐるみを綺麗にして貰えれば、鮮明に記憶を思い出すことができるんじゃないかって」

気丈に振る舞ってはいるが、先程まで持ち合わせていた溌剌《はつらつ》さは影を潜めている。透はカエルのようなぬいぐるみを持ち上げると、ゆるゆると顔をほころばせた。

「……分かりました。是非、ぼくに治療させてください。綺麗に若返らせてみせますから」

「ありがとう。期待してるよ、透くん」

詩織は安堵《あんど》の笑みを浮かべる。その笑顔には祖母への愛情が滲《にじ》んでいるように透には思えた。


後日、詩織の祖母のぬいぐるみの治療が行われることになった。透はぬいぐるみを診察台に置いて眺めながら、カルテに状態を書き込んでいる。

「元の持ち主がいないから詳しくは分かりませんでしたが、やっぱりこのぬいぐるみはカエルさんですよ。もしクマちゃんだったら耳の部分に目がついてることになっちゃいます。秋くん、警察官のくせに節穴ですよね」

近くで見守る秋に向かってそう言ってのける。仕事が早く片付いた秋は、ぬいぐるみの治療に立ち会っていた。

「さあ――オペを始めましょう。優しく丁寧に治療しますから安心して下さい、綺麗な見た目を取り戻しましょうね」

ぬいぐるみを愛おしそうに顔の高さまで持ち上げると、目を見つめながら優しい声色で囁いた。

「……で、今回はどんな治療をするんだ？」

「そうですね。結構大がかりな難しいオペになる気がします。ぬいぐるみのお肌がだいぶ傷んでますから」

透の指摘通り、ぬいぐるみは「カエルの形をかろうじて留めている」という状態だった。長い間一緒に過ごしたことで劣化が進みすぎたのだろう。ぬいぐるみを幼少期で手放してしまった人には縁のない姿になっていた。

「お肌が荒れていたり穴が空いている部分も多いので、本来の肌質に近い布を用意して造り替える必要があるかもしれません」

「明地さんの時のような治療ではないってことか」

「そうですね。パッチワークにするにも、穴が多すぎて治療の跡が逆に目立ってしまいますから……今回の若返らせるというコンセプトからずれてしまいます」

ぬいぐるみに点在していた穴は火傷の痕《あと》のようで、その傷口から中身の綿が見えている状態だった。穴を全て塞ごうと布をあてがったところで、応急処置をしたのが丸わかりの見た目になってしまう。

「せっかくだし目のパーツも似た物に交換しようかな」

そう言いながら透が木箱を開けると、力を入れすぎたのか中身が飛び出し机の隅にボタンやクリアパーツが転がっていく。それはぬいぐるみの目玉に相当するパーツだった。

「……あ、カエルさんのお尻にタグがついてますね。既製品みたいです。いつの時代なんでしょうか」

「調べてみるか、タグの名前から何か出るかもしれない」

「助かりますっ。ぬいぐるみの綺麗な状態のデータがあれば、代わりの布もより近いものを用意できるので」

透が「難しい」と言っていたのは、単にぬいぐるみを治療することだけでなく、治療の結果次第で詩織の祖母の記憶が蘇《よみがえ》るかどうかを左右するからだった。手術をしたぬいぐるみが全く別物になってしまえば、詩織の思惑は泡と消えてしまう。ぬいぐるみを当時の姿に再現することで、記憶を蘇らせようとしているのだから。

実際に記憶が戻ると決まった訳ではないのに引き受けたのは、詩織が高校時代のクラスメイトだから……だけではない気がした秋は、透にその理由を尋ねた。

するとぬいぐるみを優しく撫でながらこう返した。

「秋くんもご存知の通り、ぼくもおばあちゃんっ子だったので、桂さんの気持ちが分かるんです……。小さい頃は愛情を貰ってばかりだったから、大人になったらそれを返したい。子供の頃と違って大人なりの行動ができるようになる今だからこそ、できることをしてあげたいって。そのお手伝いができて、ぼくは嬉しいですよ」

そのやわらかな笑顔には、嘘偽りのない気持ちが込められていた。

透はぬいぐるみから綿を取り出そうと、縫い付けられた糸を道具を使って解き始める。

スマホを取りだした秋は、ぬいぐるみのタグを撮影してその情報を調べることにした。

タグに書かれたロゴを入力し検索すると、ぬいぐるみのブランドのサイトが結果に出る。それはスウェーデンの雑貨会社だった。秋が翻訳サイトを駆使しながらアーカイブを閲覧していくうちに、カエルのぬいぐるみがその会社からいくつか発売されていることが判明する。

すると、何かに気付いた透はこう呟いた。

「うーん。このカエルさん、背中の糸の縫い目を見ていくと不規則な部分があるんですよねえ……」

「不規則な部分が何か問題なのか？」

「いえ、もしかすると一度中身を取り替えたことがあるんじゃないかなって」

そう言うと透はぬいぐるみの背中の糸を解く作業に入っていく。

秋はぬいぐるみのシルエットと照らし合わせ、サイトのアーカイブを探してみると、恐らくこれだろうというぬいぐるみに辿り着く。しかしそのぬいぐるみは、相当前に製造されたものだった。

調べた結果を秋は伝えようとすると、「あっ」と透は大きな声を漏らした。いつもの不注意だろうと秋はスルーしていたが、その後の沈黙が長いことで異変に気付いた。

「どうした透？」

透は手の先の一点を見つめていて、同じく秋もその手元に視線を移すと、同じように吃驚《びっくり》してしまう。透の手はある物を摑んでいた。

「おい、『それ』って……」

「綿の中に紛れ込んでいました」

「透はもう『それ』を……？」

そう言うと、透はゆっくりと頷いた。

「桂さんのおばあさんがカエルさんを大切にしていた理由も、それで分かりました。治療を続けましょう」

治療を終えると、数日後にはぬいぐるみは退院になった。

ぐったりとしていたカエルの腕や足は、綿が入ったことでハリが出た。目玉のクリアパーツも新しいものに取り替えたことで、命が再び注ぎ込まれたようにカエルらしい本来の姿を取り戻した。

しかし、ぬいぐるみの表面の布は綺麗な状態になってはいたが、新しいものではなく元の布のままだったのが秋には気になった。秋が立ち会っていた際には布を替える方針で施術が進んでいたはずだったからだ。

「穴の空いている箇所が多いので、布を全部取り替えようと思ったんですけど。やっぱりやめました。思い出に替えは利かないので、見た目の一番大事なところはそのままにしようかなって」

秋の抱いた疑問に、透は頬に両手を添えながらそう答える。

身体を覆う肌である布に行ったのは、穴空きの部分に肌の色に似た毛糸を縫い付ける施術だった。縫い付けて穴からはみ出た毛糸を鋏で細かくカットすることで、肌に馴染み毛のような質感を作り出すことが可能になる。穴の部分にあてがわれた布は毛糸で構成されていたのだ。

元の形そっくりに再生されたぬいぐるみだが、それによって詩織の祖母の記憶が元に戻ると保証されたわけではない。それでも側に置いておけば、何かのきっかけになるかもしれない。心の足しになるかもしれない。それぐらい見事な治療だった。

「あんなにボロボロだったのに……魔法みたい。すごいね透くん」

その後、店にやって来た詩織は、姿を変えたぬいぐるみを見ると子供のように目を輝かせていた。

「早速おばあちゃんのところに届けてくるよ」

「はい。うまくいくことを願ってます……どうか御大事に」

店から出て行く詩織の決意の籠もった背中を見ると、透はそう願わずにはいられなかった。

しかし数日経っても、詩織から連絡が来ることはなかった。やはり、そんなに簡単にはいかないということなのだろうか。そうぼんやりと考えながら透が掃除をしていると、仕事を終えた秋が店に現れた。

「ぬいぐるみの中身のこと、言わなかったのか？」

仕事でぬいぐるみの『退院』に立ち会えなかった秋は、そのことが気になっていた。詩織の祖母に『それ』を伝えていれば記憶が戻るきっかけになったかもしれないからだ。

秋が言う『それ』は、綿の中に紛れていたとあるもの――。

「目を通してみて、言うべきかどうか迷ってしまったのが正直なところですね。少なくとも当事者と何の関係のないぼくには……」

透は目を伏せながらそう答える。その表情には逡巡《しゅんじゅん》が込められているように秋には思えた。

するとドアが開きお客さんが中に入ってくる。

やってきたのは、車椅子を押した詩織だった。

「透くん。お婆ちゃん連れてきた。御礼が言いたいからって」

「詩織がお世話になっております。祖母の文子《ふみこ》です」

車椅子に乗った詩織の祖母・文子は、透に笑顔で会釈《えしゃく》をする。その顔には磨き上げてきた気品が刻み込まれていた。そして老婦人の膝には治療したぬいぐるみが座っている。

「いえいえ、そんなこと。わざわざ来て下さってありがとうございます」

老婦人に視線を合わせ、透はぺこりと頭を下げた。

「あら、男の子なのにべっぴんさんね」

「は、はあ、そうでしょうか？」

「そちらの御方も、俳優さんみたいに整ってる」

「いえ、そんなことは……」

「ごほんっ、おばあちゃんっ」

困惑している透たちを見て、詩織は恥ずかしそうに咳払いをする。そして笑顔を作り直すと、嬉しそうにこう言った。

「ここに連れてきた訳はね。お婆ちゃんがぬいぐるみのことを思い出したからなの」

「ほんとですか……!?」

透が顔を明るくさせると、老婦人は膝に置いたぬいぐるみを愛おしそうに持ち上げた。

「すごいわあ。まるで最初に出会った時のよう。貴方はとても優秀な技術をお持ちなのね」

「いえいえ。ぬいぐるみに触れていると、おばあさまが大事にされていたのが伝わってきました」

「そうね。ほんとに大事にしていたのよ。こんな歳になるまで……。歳を取ることが嫌だなんて、今まで一度も思ったことがなかったのに。初めて悲しくなったわ。こんな大事なことを忘れてしまうんだから」

窓から陽が差し込むと、老婦人の顔に愁いの翳りが残された。

「それだけ時間が経ったってことじゃん。おばあちゃんが忘れるのも無理ないって」

「秋くんに調べて貰って分かったのですが、このぬいぐるみが販売されてたのは五〇年以上も前だったようです」

「そう。五〇年以上も……そんなに昔の話なのね。振り返ればそこにあるくらい、身近なものだと思っていたわ」

老婦人の口から語られたのは、ぬいぐるみにまつわる思い出だった――。

桂詩織の祖母――文子がまだ女学生だった頃。軽井沢のホテルに文子はしばらく宿泊することになった。粉雪が舞う駅からバスを乗り継いだ先にある、新しくできた高級ホテルである。

しかし、泊まるのは文子一人だった。

本来ならば裕福な友人が誕生日にプレゼントしてくれた五日間の二人旅行のはずだったのだが、それは彼女のとある計画の一端であることを到着してから知った。彼女はボーイフレンドと二人きりで過ごすつもりだったのだ。つまり、文子は駆け落ちするために利用されたダミーなのであった。

「そんなお金あるの？　このホテルに結構使ったんじゃ？」と、文子は友人に尋ねる。

「いいのよ。広いホテルなんか彼の身の丈に合わないもの、その分肌合いが近くなるわ」

周りの女学生の中で特段大人びていた彼女が付き合っていたのは、不釣り合いな身分の貧乏な大学生だった。

「チェックアウトの日になるまで好きに過ごして良いわ」

そう言われた文子だが、一人で過ごすには充分すぎる場所だ。高級そうな絨毯《じゅうたん》に、煌《きら》びやかなシャンデリアに、海のような大きさと深さのダブルベッドと、落ち着いて目を遣《や》る場所がない。親戚の結婚式に家族で泊まったホテルよりも豪勢で、一人では持て余すに決まっていた。

かといって今から家に帰るのは勿体《もったい》なかった。どうして帰宅したのか両親に聞かれ、友人の駆け落ちがバレたら命がないような気がしたのもある。

一人で外に遊びに行くのもあまり気乗りがしない。刺すような冷たい空気の中で、見知らぬ街を歩くのは寒がりの文子には心が折れた。

だからか、読みかけの読書を再開するしか文子には手段がなかった。海の底に沈んでしまいそうな柔らかいベッドは、弟がテレビで見ていたアニメ作品の干し草のベッドを彷彿《ほうふつ》とさせる。ルームサービスは友人の親の口座から引き落とされるらしく、このまま一歩も部屋から出ないで過ごすことだってできた。

しかし、いくら快適な環境にいても、熱心な読書家ではない文子には退屈になってしまう。

「はあ……あと五日間も、これからどうしようかしら」

読んでいた本を高く持ち上げると、最初のページに挟んでいた栞がはらりと落ちていく。そして空調の風に乗ってくるくると回転し、ベッドの外に着地した。栞を目で追っていた文子は異変に気付いた。

ベランダの窓が「こつり」と鳴った気がしたのである。

風に飛んできた何かが窓硝子《ガラス》にぶつかったのか、猫でもやってきたのか。しかし文子の部屋は三階だった。

ベランダから見える景色をまだ堪能してなかったことに気付いた文子は、ベッドから降り部屋履きを履いて歩いていく。窓を開けると冷気が這うように過ぎていき、文子は身震いした。

そこから見えたのは白銀の景色だった。東京ではまだ雪が降っていなかったから、文子にとってはこの季節に初めて見た一面の雪である。ホテルで過ごしている間に雪の勢いは増していたのだ。

足先に冷たさを感じ、踏み潰した雪が解けて爪先に浸水していることに気付く。

文子が慌てて足を持ち上げると、視界の端に何かが映り込む。目を遣ると暗いベランダの隅に誰かが蹲《うずくま》っていた。

もしかすると、先程窓が鳴った原因かもしれない。その姿が大人に見えなかったことから、文子は慎重に声を掛けた。

声を掛けられた人物がゆっくりと顔を上げると、部屋から漏れた光が当たり正体が露《あら》わになる——ベランダの隅に蹲っていたのは、白いシャツを纏い亜麻《あま》色の髪に綺麗な碧《へき》眼《がん》が揃った美しい少年だった。

「えっと、生きてる……よね？」

雪が降りしきる中、光を浴びた少年が佇《たたず》む姿は美しい天使のようだったから、文子はそう尋ねてしまうしかなかった。

少年の不安そうな顔に明るい兆しが見える。

「……生きてる人間だよ」

そう言うと、少年は光を生むような笑顔を作った。

——それが文子とユーリクの出会いだった。

「隣の部屋のベランダからここまで？」

「うんっ。ぼくは飛ぶのが好きなんだ」

ベッドの上で無邪気に弾んでいる姿は子供そのものだった。

当時十二歳のユーリクは、小学生時代を日本で過ごしていたため、文子と流暢《りゅうちょう》に会話をすることができた。

「ユーリクはどうしてベランダにいたの？」

「かくれんぼだよ。お母さんを驚かそうと思って」

「あんな雪の日に外で隠れてるなんて、おかしなことするのね」

でも、文子にはそれが嘘だと分かっていた。彼のシャツの下から変色した肌が透けていたから。

きっと折檻《せっかん》を受けていたのだろう。母親は日本人であると聞き、複雑な家庭であることは推察《すいさつ》できた。雪の中に身を潜めていた表情は、美しい程に憂《うれ》いを帯びていたから。

詳しい事情は尋ねずに文子はユーリクと交流を続けることにした。それが彼の心の憩いになる気がしたのと、ホテルに泊まっていてすることがなかったから。

「そう言えば、ユーリクはどこから来たの？」

音を立てながら雪道を二人は歩いていく。足を雪から離すと靴底の跡が刻み込まれていく。ホテルの付近を散歩していたのだ。

「東京だよ。家族旅行で来てるんだ」

「私も東京。もしかすると、またどこかで会えるかもしれないね」

文子が笑うと、ユーリクは静かに首を振った。

「ごめんね、それはできないんだ」

「……どうして？」

「小さい頃に過ごしてたスウェーデンに戻ることになったから」

ユーリクはそう言うと、文子の帽子についた雪を撫でるように払った。あどけない子供のはずなのに、大人のような仕草を時折見せる。文子の目にはそれが特別なものに見えた。

「悲しまないで。スウェーデンから手紙を送るよ。字が下手だからちゃんと届くと良いけど」

「……年上を馬鹿にしないこと」

文子がユーリクの頬に手を添えると、「つめたい！」と少年は慌てふためいて笑い声が生まれた。

「ユーリクからの手紙が届かないと思ったら、宛名を間違えたんだって思うことにするね」

そして、文子がホテルを出る日になると、ベランダの窓が音を立てて鳴った。

「――また、かくれんぼ？」

もう天使には見間違えない。微笑みながら文子は窓を開けると、外に立っていたのはぬいぐるみを抱えたユーリクだった。

「これ、お別れの餞別《せんべつ》に。お母さんがぬいぐるみが好きで、外国から取り寄せてプレゼントしてくれたものなんだ」

それは外国の少年が抱くには似合いすぎる、可愛いカエルのぬいぐるみだった。

「大事なものでしょう。貰って良いの？」

「いいんだ。大事にしてても、前のお母さんに貰ったものはきっと捨てられちゃうから」

ユーリクの陶器のような肌の上に、長い睫毛《まつげ》の影が落ちる。

ぬいぐるみを抱擁《ほうよう》するように、文子は彼の小さな身体に肌を寄せていた。

「どうしたの、文子？」

ユーリクはきっと心配そうな顔をしていたはずだ。

文子が抱いていた感情は、まだ幼さの残る年下の少年に向けるには勇気の要るものだった。

たった数日の間に生まれた気持ちなんて、きっとすぐに消えてしまうだろう。でも少しだけ、あとちょっとだけ、その気持ちを味わっていたかった。でも相手にその気持ちを測られてはいけない。自分と同じ気持ちを抱いている訳がないからだ。

ほんの数秒の抱擁を解くと、文子はとびきりの笑顔を作った。

「……またね、手紙待ってるから」

だから、本心は言わずにユーリクと別れることにしたのだ。


二人が別れた後、外国に住むユーリクとの文通は、文子が二十を迎えるまで長い間続いた。

『元気にしてる？　新しい家はすんごく広くて日本の家とは大違いだよ。ホームステイにおいでよ』

『ひさしぶり。サッカーのクラブチームに入ることになったよ。せんぱいからスカウトされたんだ。試合しているところ、見せてあげられるといいのにな』

『スウェーデンの高校生のそつぎょう式は町中でお祝いするのに、中学校のそつぎょう式はすごくつまらなかったよ。そのときの気持ちをあらわした写真をおくるね』

そんな風に手紙には写真も添えられていて、美しい少年が青年に移り変わっていく姿を断片的に感じることができた。手紙の文字は日本語を忘れかけているのか、ところどころ漢字が間違っていて文子は微笑んでしまう。

カエルのぬいぐるみの隣に置いたコルクボードに写真を留めて眺めていると、抱いた気持ちがまだ胸に残っていることを気付かされる。

——文子にとって、その記憶は初恋だった。


透が淹《い》れた紅茶の水面に蛍光灯の光が射している。カップから立ち上る湯気はくるくると踊るように消えていった。

「ユーリクの手紙は途中で途絶えてしまったの」

「どうして？」

祖母の言葉に、詩織はそう聞き返す。

「旅行先で航空機の墜落事故に巻き込まれたらしいのよ」

最後のユーリクの手紙は旅先から送られたもので、『旅行で観光地に来ている』と、詳細な旅行の計画について楽しそうに綴られていた。

「それから墜落事故が起きた。不安になった私は事故で亡くなった人間を調べたの。そうしたら……」

老婦人はその先を言わずに、静かにカップを口に運んだ。

「じゃあ、おばあちゃんはユーリクに自分の気持ちを伝えられないまま？」

「そうよ。相手は歳が離れた男の子で、外国の子だもの。あの子にとって私は異国の文通相手でしかない。日常のちょっとした変わった彩《いろど》りでしかなかったの。私の初恋は永遠の片思いに終わったのよ」

初恋について語る老婦人は当時に戻ったような活力を発している。時折見せる微笑には切ない感情も混じっているようだった。治療されたぬいぐるみによって、封印していた気持ちが溢れているのだろうか。

「手紙が途絶えた頃には、あなたのおじいちゃんと出会うことになったから。これはお母さんには内緒よ」

「はあ、じゃあ私が外国人が好きなのって、おばあちゃんの血ってことかあ」

詩織は場を和ませるように笑顔でそう話した。

昔話をしているうちにいつの間にか陽はすっかり落ちていて、詩織は「そろそろ行こうか」と席を立つ。

そして老婦人の手を取ろうとした時だった。

「――待って下さい」

驚いた二人が振り返ると、その声の主は意を決した表情で立ち上がった透だった。

ずっと溜めていた迷いを吐き出すように透はこう伝えた。

「文子さんがまだ読んでいない、ユーリクくんからの手紙があるんです」

「あの子からの……？」

老婦人が驚きの声を上げる。それは詩織も同様だった。

「待って。どうして透くんが手紙を持ってるのよ？」

「……ぬいぐるみを渡して貰っても良いですか」

老婦人からぬいぐるみを受け取った透は、ソーイングセットを使い背中に縫い付けられた糸を解いていく。中身が少しだけ見えるよう背中を開くと、新しく詰め替えた綿の中から、褪《あ》せた紙切れを取り出した。

「これが、ユーリクくんからの……？」

そう尋ねる詩織に、透は深く頷いた。

「ごめんなさい。実は治療中にそれを見つけてしまって。記憶が完全に戻ってない限り、教えるべきではないと思ったんです」

老婦人がここにやって来るまで、手紙の存在を知っていたのは透と秋だけだった。大事な相手の遺したものが、記憶の戻り方によってはただの紙切れになってしまう可能性もある。それはきっと送り主が望んだ結末ではない。だから、透は最後まで渡していいものなのか迷いを抱えていたのだ。

老婦人は手紙を震えた手で摑み、大事そうに、一文字一文字を噛みしめるように眺めている。

その手紙にはこう、書いてあった――。

文子へ

お別れの日が来てしまい、急いで手紙を書いています。

びんせんがなくてノートをちぎったから、少しかっこわるいけど。

どうして手紙を書こうと思ったのか。

ぼくはあたらしいおかあさんにきらわれています。おとうさんとも、じつはちがつながっていないのです。その日も、ベランダにかぎをかけられてふるえていました。こんな日がずっと続くのかって、いやになっちゃって。ふかふかの雪に飛びこんじゃおうかと思った。

だから文子に声をかけられてなかったら、どうなってしまっていただろう。ぼくには光をはこぶてんしのように見えたんだ。ほんとうだよ。

ほんとうにお別れしたくない。だれかといて楽しかったこと、そんなになかったから。小学校でも友だちはあまりいなかったんだ。
この手紙をわたそうと思ったけど……やっぱりやめようかな。
手紙を書いてて気づいたんだ。ぼくはたぶん、文子のことが好きになっている。
この前出会ったばかりなのに、ふしぎだよね。
小学生のくせに、へんだよね。
はずかしいから、ぬいぐるみの中にかくすことにしよう。
きらわれるのはいやだから。ぼくの気持ちがこれからさきかわらなかったら、
この手紙のことをいつか言ってみようと思っています。
それまでプレゼントを大事にしていてくれたらうれしいけど……。
大人になったらまた日本に来て、文子に会いに行くよ。
どうかそれまで、おげんきで。

——ユーリクより

「ごめんね透くん。ぬいぐるみ。せっかく直して貰ったのに、棺桶に入れて燃やし

ちゃった」

手紙を渡すことができた一月後に、詩織は再びお店にやってきた。

老婦人はあれから数週間後に、眠るように亡くなってしまったそうだ。大切な思い出を忘れることなく、死を迎えることができたのだ。

「いいんですよ。ぼくが修繕したのは、ぬいぐるみを通したおばあさんの思い出ですから」

励ますような笑みを作って透は答える。でもほんの少しだけ、寂しさが顔を出しているように見えた詩織は、明るい声で透の肩を強く叩いた。

「うまいこと言うようになったじゃん。高校時代とは偉い違いだっ」

「そっ、そうですかね？」

「そうだよお。何やらせてもふわふわしてて危なっかしくて、保護者みたいなのがつきっきりだったじゃん。あいつのせいで女の子が寄りつかなかったんだから」

「保護者？　誰のことですか？」

透が詩織の言葉にきょとんとしていると、クリニックのドアが開き件《くだん》の人物が現れる。

コートを靡《なび》かせて歩いて来たのは秋だった。

「詩織、透の仕事の邪魔しに来るなよ」

「……噂をすれば来ちゃったじゃん」

詩織は周りに聞き取られない声量で呟き、からかうような笑顔で秋を出迎える。

そして当たり前のように店にやって来る旧友を見て、詩織はとある疑問がふっと湧いた。

「そういえば、秋くんと透くんっていつの間にか仲良くなってたよね。何かきっかけがあったの？」

クラスの男子とはそこまで付き合いが深くなかった詩織には、気付いた時にはその関係性が出来上がっていた、という印象だった。

「きっかけと言っても、些細なことだと思いますけど」

「ああ、良くある話だと思う」

秋も腕を組んで頷くと、透は高校時代について話し始めた。

高校時代――透はクラスの輪に入らず、男子が一人だけしかいない裁縫部《さいほう》に入り浸っていたりと、教室では浮いた存在だった。

「ある時、体育の授業をサボってしまったんです。仲のいい人でチームを作れって言われて。すごく困ってしまって」

教室で行われる授業は他人に関わらず何とかできても、体育の授業になるとそのノウハウが通じないことが多い。クラスに問題なく溶け込んでいた詩織には透がそんな苦労をしていたとは知る由もなかった。

「教室に戻ったら、秋くんが体育着にも着替えずに寝てたんですよ。しかも携帯を握ったまま」

数年前の出来事なのに、まるで昨日のことのように透は楽しそうだった。

「そう。前の授業から眠ったまま、誰にも起こされないという悲しいシチュエーションだ」

「あー、よく寝てたもんね英くん。起こすのが面倒になってたんだろうね」

「起こそうと思ったんですけど、よおく考えたら今起こすより授業が終わった瞬間に起こした方が気が利くかなって、肩を叩く手を止めたんです。そしたら、気付いたんですよ」

「えっ、何に？　もしかして秋くんに背後霊が被さってたとか？」

「違う。幽霊なんていている訳ないだろ。これだよ」

そう言うと、秋はスーツの内ポケットからスマートフォンを取り出した。

「秋くんが携帯につけてたクジラのストラップが可愛かったんです。きっとこれはお友達になれると思いました！」

そのスマホのケースには、小さなクジラのぬいぐるみのストラップがついていたのだ。

「ちょっと待ってよ！　全然些細でもよくある話でもないじゃん！」

詩織が声を上げて笑ったのは、抱えていた悲しみを無理に笑い飛ばそうとしている訳ではないようだ。きっと気付いてしまったのだろう。『ぬいぐるみの思い出』によって繋がれた二人が、目の前にもいたことに――。

カルテ3　小さき相棒

「透くんはどうしてそんなにぬいぐるみが好きなの？」

『ぬいぐるみクリニック』の近くに偶然立ち寄っていた桂詩織は、店に顔を出していた。高校時代から透のぬいぐるみ好きは当たり前のように馴染んでいたこともあって、今更ながら聞いてみたくなったのだ。

「前から素敵な趣味だなあとは思ってたけどさ、そもそも男の子がぬいぐるみ好きであることが不思議というか……」

「ぜんぜん不思議なことじゃないですよ。『趣味嗜好』は人それぞれですし、可愛い物が好きである気持ちは、性別問わず誰しもが持っている普通のことだとぼくは思います」

「そうだよね。申し訳ない」

「いえいえ。それで、ぼくが好きな理由はですね……」

顎に手を添えた透は、言葉を選ぶように丁寧に答えていく。

「ぼくの家はちょっと特殊で、ぬいぐるみが家にたくさんあったんです。肌身離さず持っているのが当たり前で、彼らの服を作ってあげたりしていて……それが結局仕事になってしまうんですから、不思議ですよね」

「ぬいぐるみがたくさんある実家なんだ」

「はい。東京の奥地にある老舗《しにせ》の人形屋で、父が人形作家をやってるんです。まあうちは雛人形とか、五月人形とかが多いんですけど。母の趣味が高じてぬいぐるみも置いてまして」

なるほど。ぬいぐるみに縁がある家柄だったのか。頷きながら詩織は聞いていると、透は実家のことを続けてこう語った。

「だからうちには変わった風習がありまして。家族に一つ相棒のぬいぐるみを渡されるんです」

「相棒ってどういうこと？」

「家族の一員みたいなものなんでしょうか。外国で暮らした経験がある母は、ぬいぐるみを幼い頃から大事にする現地の子供を目の当たりにしてそうしようと思ったみたいです。そんなこともあって当たり前にぬいぐるみを与えられて育ったぼくは、相棒を肌身離さず持って大人になってしまいました」

「じゃあ、透くんはそのぬいぐるみを今も……？」

「はい、もちろん」

透がエプロンのポケットに手を突っ込むと、年季の入った小さなハリネズミのぬいぐるみが顔を出した。

「汚れたら綺麗にしてあげたり、ベッドを作ってあげたり。この子とはたくさんの思い出があります。こんな風にぬいぐるみがいつでも身近にいたら、愛情を持つようになって当然じゃないですか？」

まるで生きている動物を扱うかのように透はその身体を持ち上げて、愛おしそうに笑いかける。そして大事にポケットに戻した。

身近な存在には心の距離も当然近くなっていく。透にとってぬいぐるみは心を許した存在なのだと詩織は思った。

「病院から連れ帰ってきたこのぬいぐるみも、きっと相棒なんだと思うんです」

バスケットに入れられたぬいぐるみをそっと取り出し、その表面を優しく指で触れる。

それは透が病院から連れ帰ってきた『患者』だった。

某月某日、透は治療を終えたぬいぐるみを届けに大学病院を訪れた。

入院患者からの依頼なため、直接手渡すために足を運んだのだ。

「……間違えた。ここは小児科《しょうにか》病棟でした」

股の間を子供達がするりと通り過ぎはっとなる。

透は根っからの方向音痴で、二階と一二階を間違えていた。それが方向音痴に当てはまるミスなのかは本人も分かっていないが、秋曰くその度合いは手に負えない程のようだ。ずいぶんと歩き進んだところで、透は目的の階と違う小児科にいることに気付いた。

小児科にはぬいぐるみを大事そうに抱えている子供達がたくさんいて、透はその光景に頬《ほお》を緩ませていたが、またしてもはっとなる。院内をふらつき子供を見て笑っている自分は不審人物に思われるかもしれないと、表情を正してエレベーターホールを探し始めた。

その際に引っ掛かることがあった。小学校低学年ぐらいの入院着を着た少年が一人、誰にも群れずにぽつんと立っていたからである。少年の視線の先に何があるのか透は気になったのだ。

すると、透の携帯が微かに震える。『方向音痴であることを知っている人物』から院内の地図が画像で送られてきていた。そのことで自分の用事を思い出した透は、エレベーターホールに移動し二階の形成外科まで辿り着くことができた。

病室の窓からの日差しの眩さに、透はカーテンをぴしゃりと閉める。

そして紙袋から治療を終えたワニのぬいぐるみを取り出すと、ベッドに寝込む男にそっと差し出した。

「ほお。毛糸で植毛手術をやったのか。透も随分腕が上がったんじゃないか？」

男はぬいぐるみの手術の痕を感心しながら眺めている。ぬいぐるみを届けた相手は透の遠縁にあたった。どうやらぬいぐるみは担当医の子供のもので、穴が空いた部分を直せずに困っていたらしい。

「そんなことありません。まだ勉強中の身です」

「まだ勉強中なら、店を開くんじゃなくて実家に身を置いた方がためになるんじゃないか？」

男にそう言われると、にこにことしていた透の表情がちょっとだけ固まった。

「お父さんからの言伝ですか？　勘弁願います」

「うちの娘もそろそろ結婚相手を見つけないといけない頃でな」

「……それも勘弁願います」

その苦笑には明らかに嫌悪が現れていて、男は噴き出してしまった。

「冗談だよ。たまには実家に連絡した方が良い。そうしないと今のように俺に連絡が来ることになる」

「ご迷惑お掛けしてすみません」

澄ました顔でお辞儀をする。親類と会うと実家の話題に必ずなるため面倒だった。お見舞いの品を差し入れると、透は話を早々に切り上げて病室を後にした。


病室から退出した透は、先程迷い込んだ二階の小児科病棟に再び向かっていた。迷子になっていた最中に気になるものを発見していたのだ。

「あのう、何をなされてるんでしょうか?」

看護師の女性がおそるおそる透に声を掛けている。

透は受付近くに置かれたチェアに鎮座する大きなペンギンのぬいぐるみを、触ったり持ち上げたりと事細かに観察していた。不審がられてもおかしくない光景だった。

「うーんと、『触診』ですかね?」

「いや。それ、ぬいぐるみじゃ……」

ペンギンのぬいぐるみを眺めていた透は、女性の方に振り向いた。

「ずっと前からこの病院にいらっしゃるんですか？」

一体何を尋ねられているのか。女性は返事に窮《きゅう》してしまった。目の前にいる麗しい容姿を持つ青年に笑顔を向けられてしまうと、尚更判断に困ってしまう。

「……それは、私がですか？」

「いえ、このペンギンさんです」

自分が無駄な想像をしていたことを理解した女性は、咳払いで誤魔化した後、恥ずかしそうにこう続けた。

「で、ですよね。確か、五年前ぐらいでしょうか。退院した子の親族が贈ってくれたものでして。病院の怖そうなイメージが和らぐようにと、受付に置いてるんです」

「なるほど。ペンギンですし、この部分は最初は白かったと思うんですけど」

経年劣化により肌はベージュのような色に変色していた。

「はあ、そう記憶してますけど？」

「ならば綺麗にした方がいいです！　病院は清潔な環境であるべきです！　是非うちのぬいぐるみクリニックにお預け下さい！」

透はお店のチラシを勢い良くばっと取り出した。

それは宣伝のために作った方が良いと詩織に言われ、秋の同僚に作って貰ったもので、ようやくお披露目する機会が訪れたのだった。

「へえ、ぬいぐるみにもお医者さんがいるんですね。というか小児科に何か御用だったんですか？」

チラシを手に取った看護師はそう尋ねる。

最初は透の行動のひとつひとつに身構えていた看護師も、透の醸《かも》し出すやわらかな空気に呑まれ、すっかり打ち解けてしまっていた。

「階数を誤って小児科に迷い込んでしまったんですけど、その時に……あっ、あの子です！」

透が示した先には、入院着を着た少年が歩いていた。

「あの子がどこかを印象的に見ていたのが気になって足を止めたら、近くにこのぬいぐるみがあったんですよ」

「ああ、空斗《たかと》くん。そういえば、あの子も確かぬいぐるみを持ってたはずですよ」

「なるほど。それはシンパシーを感じますねっ」

「――――っ！」

すると、病院の廊下に甲高い叫び声が響いた。

それは透が先程見かけた、空斗少年が叫んだ声だった。

彼の目の前にはぬいぐるみを持った女の子が、困惑した表情で立っている。

看護師が慌てて二人のもとへ近付いて行くが一歩遅く、空斗少年が払った手が女の子の持つぬいぐるみを振るい落としてしまった。女の子の腕から落ちたぬいぐるみは、ワゴンカートを押している職員の前に転がっていく。

「あっ」と、透は思わず声を上げてしまう。

ぬいぐるみがワゴンカートの車輪に巻き込まれてしまったからだ。

救出しようと透も慌てて駆け寄ろうとするが、何もないところに躓《つまず》いて転んでしまったのだった。

「病院で走るからですよ」

「すいません……」

看護師に窘《たしな》められた透は、痛みを口にしながら手を突いて立ち上がる。

「あらら……かわいそうに」

救出されたぬいぐるみの埃を払いながら、看護師は残念そうに呟く。ワゴンカートの下敷きになってしまったヒーローキャラのぬいぐるみは、足が千切れて中身の綿が漏れ出てしまっていたのだ。

透がぬいぐるみを受け取ると、真っ白な廊下に女の子の嗚咽が響いた。千切れたぬいぐるみから目を逸らした女の子は、その瞳から涙をぽろぽろとこぼしていた。

「なんでお前が泣くんだよっ。これは、ぼくのなのに……」

ぬいぐるみの持ち主である空斗少年は困惑している。

看護師が女の子を慰めている様子を見たくないのか、空斗少年は地面に静かに俯《うつむ》いていた。

「大丈夫ですよ。このぐらいの怪我なら、すぐに治りますから」

透はボロボロになったぬいぐるみを優しく抱え上げ、汚れを落とすように丁寧に手で払っている。

「そうだ。この人はぬいぐるみのお医者さんなのよ」

看護師は女の子を透の方へ向かせ、そう言った。

「……ぬいぐるみにお医者さんがいるの？」

女の子は涙を拭うと、透を珍しそうな顔で見上げる。透は女の子の前で屈み、表情を柔らかくする。

「こんにちは。ぼくはぬいぐるみ専門のお医者さんなんです」

「ってことは、直るの？　スペシャルマン」

口を閉ざしていた空斗少年は、ぬいぐるみの名前を口にする。それは変身ヒーロー番組のキャラクターだった。

透は空斗少年に微笑むと、優しく頷いた。

「看護師さん。この病院にソーイングセットってあったりしますか？」

「はい。準備倉庫に置いてあるはずです」

「では、お貸し頂いてもよろしいでしょうか」

「ぬいぐるみのお医者さんの腕の見せどころですね。持ってきます」

「あはは、ありがとうございます……」

困ったように苦笑すると、看護師はソーイングセットを取りに去っていく。

「お名前を聞いてもいいですか？」

透は改めて二人に名前を尋ねた。

「……西原有紀子《にしはらゆきこ》」

「山神《やまがみ》空斗、小学二年生」

お互い顔を背けながら口を開く。

その様子を見る限り、有紀子は空斗少年のお見舞いでこの病院に来たようだった。

「二人は学校の友達？　それとも、友達じゃなくて……？」

「違うっ。ただの幼馴染みっ」

透のからかうような言い方に、恥ずかしそうに空斗少年は声を張った。有紀子も同じく黙って頷いていた。その反応で普段の二人の仲の良さを推し量ることができた。

看護師がソーイングセットを持って現れると、「塾に行く時間だから」と有紀子は帰ってしまう。まるでその場から立ち去るきっかけを探していたかのように。空斗少年は声も掛けず、見送ることもなかった。


ソーイングセットを借りた透は、空斗少年の病室で応急処置をすることにした。

そこは個室でトイレやテレビが備え付けられている。テーブルには本とゲームと勉強道具が乱雑に積み上げられていて、その男の子らしさに透はくすりと小さく笑った。

看護師は「終わったら呼んで下さいね」と言って通常業務に戻っていく。病室には透と空斗少年の二人が残された。先程出会ったばかりの二人に容易に会話が生まれるはずがなく、少しの静寂が生まれる。

しかし透はマイペースにスペシャルマンのぬいぐるみを優しく持ち上げると、感心するように呟いた。

「スペシャルマンってけっこう複雑なデザインのはずなのに、このぬいぐるみは元のデザインを崩さずに可愛さを混ぜていて見事ですね。最近のホビー業界は分かってるんだなあ……」

「おにーさん、大人なのにぬいぐるみが好きなの？」

興味深くぬいぐるみを観察している透を、空斗少年は不思議そうな顔で眺めている。

「ええ。子供の頃からずっとですよ」

透は微笑みながら手慣れた動きで針の穴に糸を通している。

「ちくっとするかもしれません。我慢してくださいね」

膝の上に置いたぬいぐるみに穏やかに語りかけると、清らかな優しい手付きで千切れた足を縫い合わせていった。

「おにーさん、ほんとにお医者さんみたい」

「ほんとですからね。空斗くんはぬいぐるみが好きなんですか？」

「別にふつー。このぬいるぐみはずっと持ってただけだし。どちらかというとガキっぽいから嫌い」

「ええっ、受付にいる大きいペンギンを見てたじゃないですか。ぼくはそれで汚れに気付いたんですよ？」

「受付のペンギン？　あー、違うよ。ペンギンじゃなくてテレビを見てたんだ」

空斗少年曰く、受付の近くにある待合室にはテレビが置いてあるらしく、廊下に立って待合室のテレビを覗き見ていたのだという。

「空斗くんは、どうして廊下からテレビを？」

この病室にはテレビが備え付けられていたからだ。そして透が空斗少年を見かけた時、待合室のテレビの存在に気付きもしなかった。それ程までに空斗少年の立ち位置から待合室のテレビは離れたところにあったのに、どうして病室に戻らずわざわざそこで眺めていたのだろうか。

そんな疑問に、彼は「あっ」と気付くように口を閉じると、そそくさと透に背を向けベッドに横になった。

「空斗くん？」

そう声を掛けても、空斗少年は返事をせず毛布の中に潜《もぐ》ってしまう。

もしかすると、テレビを面と向かって見られない訳があるのかもしれない。空斗少年が入院している理由と何か関係がある、透は咄嗟にそう思った。

それとは別に、透には気になることがあった。

「ぬいぐるみを治療する代わりに、どうして喧嘩していたのか教えて貰ってもいいですか？」

「別に直してなんて頼んでないのに」

シーツに押し当て曇った声が返ってくる。

「じゃあこのスペシャルマンがボロボロのままでもいいんです？」

「おにいさん、結構意地悪だね」

振り返った空斗少年の顔には不満が表れている。そして諦めるように小さく息を吐くと、『喧嘩の理由』を透に話し始めた。

「あいつが悪いんだよ。このぬいぐるみをあげようとしたのに、要らないって言うから。元々は有紀子が欲しがってたのに」

スペシャルマンのぬいぐるみは子供向け雑誌の景品で手に入る物なのだと、空斗少年は語った。スペシャルマンのファンだった有紀子にせがまれて共に応募し、当たったのが空斗少年だ。身体のパーツが少し色褪せていたことから、手に入れてから半年以上は経っていそうだと透は推測する。

「有紀子ちゃんが断った理由も気になりますが、どうして今更あげようとしたのですか？」

「もう、必要ないからだよ」

空斗少年は素っ気なく言うと、再び口を閉ざしてしまう。

これ以上は赤の他人が軽率に踏み込める範疇《はんちゅう》を超えてしまうだろう。そう考えた透は、口を結んでぬいぐるみの治療に取りかかる。腕から漏れた綿を優しく押し込み、傷口を塞ぐように糸で縫い合わせていく。

針を動かしている間、空斗少年は沈黙したままで、嫌われてしまったかもしれないと透は残念に思う。

そうこうしているうちに糸を縫い終え、スペシャルマンのぬいぐるみは元の姿を取り戻したのだった。

「見て下さい。スペシャルマンが元気になりましたよ」

透が呼びかけると、空斗少年は「ほんとにっ？」と瞬時に起き上がる。

しかし喜びを悟られたくなかったのかすぐに表情を元に戻すと、透はそっと微笑んだ。

「漏れて飛び出てしまった綿を戻して、千切れてしまった足を糸で縫合しました。普段のお店の道具がないので応急処置みたいなものですけど」

足がくっついたぬいぐるみを空斗少年は受け取ると、縫合された部分を確認するようにじっと眺めていた。

「ありがと、おにいさん」

透に向けて不恰好にお辞儀をする。相変わらずその言葉は素っ気なかった。

その様子を見て笑っていた透は、やがてその表情を一変させる。彼のぬいぐるみを摑む手の力が、微《かす》かに強くなっていたのだ。

「……俺もこのぬいぐるみみたいに、元気になれるかな」

聞き逃してしまうぐらいの、嘆息するような小さい呟きが病室に響いた。

「空斗くん？」

透がそう聞き返すと、空斗少年は目を伏せたまま声を発する。

「……有紀子にぬいぐるみをあげようとしたのは、ぼくはもうヒーローみたいにはなれないって気付いたからなんだ」

見られてしまった自分の脆《もろ》さを誤魔化すように、空斗少年は顔を上げると笑顔を作った。それはとてもぎこちなくて、切ない笑顔だった。

「ヒーローになれないって……？」

透はそう尋ねたが、病室に先程の看護師が入ってくる。どうやら診察の時間がやってきたらしい。ぬいぐるみの応急処置は終えているため、もう居座ることはできなかった。

空斗少年に別れを告げて病室を出て行こうとした透は、とある提案をした。

それは――。

「空斗くん。スペシャルマンのぬいぐるみ、うちのクリニックで預からせて貰っても良いですか？」

陽の光は金色になり、暗い影に溶けかけていた。

透は人が行き交う雑踏の中、紙袋をぶら下げぽつんと立っている。空斗少年のぬいぐるみを預かることに了承は取れたのだが、受付に置かれていた大きなペンギンのぬいぐるみも治療のために持ち帰ろうとしていたことを失念していた。

結果、病院に届け物をするだけの用事が大荷物を持ち帰ることになり（大きめの紙袋を貰うことができた）どうしようかと透は最寄り駅前のベンチに腰を下ろした。

ここからクリニックがある駅までは二駅分あり、学校が近くにあるこの駅は帰宅する学生で混み合う時間帯になっていた。大きなぬいぐるみを抱えて乗るのは邪魔になるし、ぬいぐるみが人に押しつぶされてしまう。なるべくならこの時間帯の電車に乗るのは避けたかった。

「そうだ、秋くんならお仕事が終わってるかもしれません」

ベンチに腰を下ろした透は携帯を取り出した。友人をナチュラルにタクシー代わりに使おうという魂胆だった。

すると――、

「あの、すいません」

女の子の声が聞こえ、透は顔を上げる。

声の主は空斗少年と喧嘩をしていた西原有紀子だった。

「病院のでっかいぬいぐるみを持ってたから、もしかしたらって」

「あはは。やっぱり目立ちますよねこれ」

「あっ、スペシャルマン、治ったんだ？」

紙袋に入ったぬいぐるみの存在に少女は気付いたようだった。

「はい、病院のソーイングセットを借りまして」

「ありがとう……でも、何で治ったのにお兄さんが持ってるの？」

「せっかくなので、うちのお店でもっと綺麗にしてあげたくて、空斗くんにお願いして持って帰ることにしたんです。お肌の汚れを落として、綿も詰め替えて、縫合した糸も布地に近い色に替えようかなと」

「そうだったんだ、空斗がいらないって言ったのかなって思った」

少女はベンチの端に腰を下ろすと、続けてこう言った。

「お兄さんは、どうして空斗が入院したのか知ってる？」

「いえ、具体的な病状は……」

「そっか。空斗の病気が治るかなんて、分かるわけないいか」

赤の他人である透なら気兼ねなく聞き出せると期待したのだろう。少女は残念そうに足先で小石を蹴飛ばした。

「『ぼくはもうヒーローにはなれない』だから、ぬいぐるみをあげようとした……空斗くんはそう言っていました。喧嘩の原因は、その言葉が関係してるんですか？」

「そうだよ。私にとって空斗はヒーローだったから」

少女は背負っていた鞄をベンチに置くと、颯爽と立ち上がる。

「私、ちょっと前まで空斗みたいに入院してたの、だから――」

そう言いながら鞄から取り出したのは金属製の棒だ。そして指先と手首を使い回転させ、空に向かって思い切り放り投げる――その棒の正体はバトンだった。

バトンは橙色《だいだい》の空に届きそうな高さまで上昇し、きらきらと光り回転しながら落下していく。勢いを増しながら落ちてくるバトンを少女は恐れることなく綺麗な姿勢でキャッチした。

少女が可愛くお辞儀をすると、透は思わず拍手をしてしまう。

それはバトントワリングという、バトンを使った競技の一種だった。

「……こんな風に運動できるようになるなんて思わなかった」

「ってことは、最近覚えたんですか？　すごいですねっ」

透が感嘆すると、少女は照れくさそうに笑った。

「えへへ。学校に通えなかった遅れを取り戻そうって、勉強にスポーツもできる子にならなきゃって頑張ってるんだ」

「それでバトンの競技を？」

深く頷いた少女は、こう続ける。

「バトントワリングは元々やってみたかったんだけど、空斗のラクロスを応援できたらいいなって思って。だけど……」

溌剌とした少女の声色が、暗い翳《かげ》りを帯びていく。片手に持っていたバトンを握り直すと、こう続けた。

「あいつ、入院した途端にラクロスなんか嫌いになったって言い出して、そしたらぬいぐるみも要らないって押しつけられてさ……信じられないよね」

「それで喧嘩になっちゃった訳ですか」

「空斗はラクロスが好きで。病室から出られない私によく自分の試合の動画を見せてくれたの。ほらっ、たとえばこういうやつ」

透にくっつくように隣に座り直すと、携帯の動画を再生し始めた。

携帯の画面に映るラクロスの試合の映像には、縦横無尽に活躍する空斗少年がいる。

体格差がある相手にも物怖じせずに立ち向かっていく姿には、誰もが目を奪われるだろう。透と話していた時とはまったく違う、誰にも負けない力強い笑顔を放ち、試合を楽しんでいた。

「すごいでしょ？　身体の大きな相手にも逃げずに立ち向かってく姿が、ヒーローみたいだなって。空斗の活躍が励みになって、頑張ろうって気持ちになれたの」

スペシャルマンというヒーローのぬいぐるみを欲しがったのも、入院していた女の子にとってヒーローが希望の塊だからなのかもしれない。透はそう悟った。

「空斗くんはどうしてラクロスを始めたんですか？」

「知らない？　スペシャルマンの主人公はラクロスをやってるんだよ？」

「なるほど、そういうことでしたか」

透も小さい頃に見ていた記憶があるヒーロー番組だったが、現在は全国ネットではなく関東ローカルの番組になっているらしい。だからか最近の内容を透は把握してなかった。

「空斗がスペシャルマンを見はじめるようになったのは、私がＤＶＤを貸したからなの。だから、あいつがラクロスを始めたきっかけは私なんだっ」

白い歯を見せて自慢げに笑う姿に、透も顔をほころばせる。

「あんなに元気でかっこよく活躍してたのにさ……にんげんって不思議だよね」

不意に出てしまった言葉が、重い不安を孕み溜息のように沈んでいく。傾きかけた日差しが、少女の頰に翳りを作った。

「だから、生まれつき心臓が悪いんだって言われても、私には分からないよ。じゃあなんで今まで元気に試合できてたの？　なんで急に空斗から取り上げちゃうの？　せっかく私が元気になったのに。今度は空斗が……どうしてなのかな……」

自分に言い聞かせるような、渦巻く心の叫びだった。

か細く震える声を抱き止めるように、透は少女の頭にそっと手を触れる。二人の間に起きていたことを理解した透は、咄嗟にそうしてしまっていた。大人でも自分の身に起きたら不安に思うことを、小さな子供が受け止めきれるとは到底思えなかった。

子供のように扱われて恥ずかしくなったのか、溢れそうな涙を拭うように頭をぶんぶんと振った。

「私が泣いてどうすんだって感じだよね。私ばっかり悲しんで、怒ったりするのが空斗は嫌だったのかも」

透は少女の目を見つめると、優しく諭《さと》すように口を開いた。

「そんなことはないですよ。絶対に。空斗くんは自分の置かれた状況に振り回されて、どうすればいいか分かってないだけなんです。変わらず有紀子ちゃんのことが好きなはずです」

そう言うと、有紀子は嬉しさを誤魔化すようにそっぽを向く。

「まあ、ラクロスのことはまだ好きみたいだけどね。こっそり携帯で動画見てるの目撃したことがあるし」

「じゃあ、ぼくが見たのってもしかして……」

そう話すと、空斗少年が待合室のテレビを見ていた理由を知ることができた。

ちょうど今日、ラクロスのプロリーグに挑戦しようとしている日本人の特集がテレビで放送になっていたのだ。廊下からひっそりと見ていたのは有紀子の言う通り、心の踏ん切りがついてないからだと透は思った。

「だとしたら、ぬいぐるみは空斗くんの手元にあるべきですね」

「スペシャルマン。空斗のお守りになってくれるかな?」

「そう願いを込めて、綺麗にするつもりですよ」

嘘偽りのない真心の籠もった言葉に、有紀子は強く頷いた。

すると、聞き慣れた声が響き、透は顔を向ける。

「透、女児誘拐か?」

「あっ、秋くん」

先程の透の連絡でやって来た秋だった。

「この女の子は先程知り合った有紀子ちゃんです」

「ぬいぐるみを使って小さな女の子をたぶらかすとは」

「冗談はやめてください。誤認逮捕は警察キャリアに響きますよ」

透が不満げな顔になると、後ろに隠れていた少女は目を輝かせた。

「この人けーさつの人なの?!　すごいかっこいー！」

有紀子はどうやら顔が整っている人間を好むようで、透は苦笑するしかない。

「ちなみに未成年者の略取・誘拐罪は、最低三ヶ月以上の懲役になる」

「秋くん、余計なことを言わないでください」

「捕まえてみてよ！　手錠見たいもん！」

「ダメです。そうだ。せっかくだから有紀子ちゃんも秋くんにお家まで送ってもらいましょう」

「そうする！」

「お前、子供をてなずけるのがほんと上手いよな……」

透にせっつかれた秋は、駐車した車を取りに歩いていった。

「なるほど、このぬいぐるみが空斗くんの……」

ぬいぐるみクリニックの診察室で、木編みのバスケットに入ったスペシャルマンのぬいぐるみを詩織はまじまじと眺めていた。

「ええ、これから治療していきます」

ぬいぐるみのボディは色褪せていてる。千切れた足は応急処置でくっついてはいるが、時間が経って綿が縮小したことでぐったりとした印象だった。

診察室の奥に置かれた椅子の上に、バスケットには収まらない巨大なペンギンが座り込んでいる。

「このペンギンも病院から連れてきたものだったんだね」

「空斗くんのぬいぐるみは無償ですが、ペンギンの御代はきちんと頂きます」

透はそう言いながらびしっとサムズアップを決める。

「そういうところはしっかりしてるんだね……」

「さて、オペを始めましょうか」

温かく微笑む詩織を余所《よそ》に、透は仕切り直すようにスペシャルマンのぬいぐるみを手に取った。

「――優しく丁寧に洗いますから安心して下さい、元気な姿になりましょうね」

穏やかな声でそう囁くと、透は治療を開始していく。

応急処置で縫合した糸を解くと、ぬいぐるみの中に詰まった綿を取り出していく。そしてくすんだ肌を綺麗にするために、粉末洗剤を溶かしたお湯にぬいぐるみをそっと浸けると、優しく撫でるように押し洗いをしていった。

「有紀子ちゃんから伺いました。空斗くんは近々手術しないといけないそうです。それまでには送り届けます……相棒が近くにいないと心寂しいと思うので」

「でも、そのぬいぐるみは空斗くんにとってそこまで大事なものなのかな」

透の『相棒』という言葉に引っかかった詩織は、率直に感じた疑問を口にする。元々は少女にせがまれて応募した景品のはずだからだ。

「大事にしていたはずです……じゃなかったら、ぬいぐるみを自分のせいで傷付けてしまって、あんなに悲しい顔はしないとぼくは思います。有紀子ちゃんにあげずにずうっと持っていたのがその証拠ですよ」

しばらくして洗い終えた透は、真っ白なタオルでぬいぐるみを優しく包み込む。そして洗濯機の中に入れると脱水を始めた。

「脱水して乾かしたら、綿を新しいものに詰め替えます。最後に縫い合わせれば治療は終了です」

駆動している洗濯機をチェックしながら、透はそう説明した。

「無償で治療をしようと思ったのは、空斗くんを勇気づけるため？」

「もちろん。彼らにとってぼくは赤の他人ですけど、偶然でもそこに居合わしてしまったので……。でも、これだけのつもりじゃないです。ぼくなりにできることはまだあると思ったんです」

「できること？」

詩織の口にした疑問に、透は悪戯《いたずら》な笑顔を作って見せた。


後日。小児科に到着した透は、そこで待っていた有紀子と一緒に空斗少年の病室に向かって歩いていく。有紀子は明るく振る舞ってはいるが、どこか不安を感じているように透には見える。

透の懸念の通り、足を進めていた少女は病室の扉の前でぴたりと止まってしまった。そして扉のドアノブを握ったまま、中に入るのを躊躇するように目を伏せてしまう。

「有紀子ちゃん……」

浮かない顔をしているのは、あれから空斗少年と一度も口を利いてないからだろう。

そう思った透は紙袋からとある物を取り出した。

「じゃあ、これを渡して仲直りしましょう」

それはスペシャルマンのぬいぐるみだった。施術を経て変化したぬいぐるみを差し出されると、少女は目をぱちくりさせて驚いた。

「これ、どうやって……!?」

「空斗くんっ、入りますよ」

透がそのまま扉を開けて中に入っていくと、少女は慌ててその背に隠れるようについてきた。

「あ、ぬいぐるみのお医者さん……」

ベッドの上の空斗少年は静かに本を読んでいた。

しかしぬいぐるみを持った少女がその背後に立っていることに気付くと、気まずそうに顔を背ける。どう二人の間を取り持とうか透が逡巡していると、少女は意を決したようにベッドに近付いていった。

「空斗……あのね」

「そのぬいぐるみ、お前にやるって言ったろ？」

背を向けたまま、空斗少年は言い放った。

「確かに最初は欲しいって言ったけど、やっぱりこれは空斗のもの——」

「だからもう、要らないんだって！」

身が裂けそうな、悲鳴のような叫びが病室に響く。それでも有紀子は苦しんでいる少年から逃げずにいると、目の前にある背中が震え、消え入りそうな声が溢れた。

「……こいつを見ると、嫌な気持ちになるんだよ」

「どうして？　空斗はずっと大事にしてたじゃん？」

「俺はもう、こんな風に……ヒーローみたいにはなれないって、思い知らされるんだよ。こんな悔しい気持ちになるなら、お前が持ってた方が良いんじゃないかって……」

透にはその表情は見えないが、どんな顔をしているのかは容易に想像ができる。それ程までに弱々しさが籠もった声色だったからだ。

大好きだったスポーツを諦めることになるかもしれない現実は、まだ小学生である少年にとって暗くて重い負荷になるに決まっていた。果たしてどう声を掛けるのが正しいのか……透がそう考えていた時だった。

「だっさ！　超かっこ悪！」

「えっ、はあ⁉」

自分に向けられたまさかの発言に驚き、空斗少年は振り返った。

「さっきからうじうじしすぎ！　見てられないんですけど！」

「何でそこまで言われなきゃいけないんだよ！」

「だってほんとにかっこ悪いんだもん！」

言葉の通りの子供の喧嘩が始まってしまい、二人の怒鳴る声が飛び交っていく。心臓に問題を持っている子がこんなにも激しく怒ってもいいのかと心配しながらも、漏れ出る笑みを誤魔化すように透は俯いていた。

「普通だったら励ますだろっ、これから手術すんだぞ！」

「空斗にはそんな必要ない！」

「なんでだよっ！」

「空斗はずっと私のヒーローだもん。じゃなかったら、どうして今私は元気でいるの？こうして怒っていられるの？」

少女の濁《にご》りのないまっすぐな言葉だった。

そして声を震わせながら、空斗少年に向かって力強い笑顔を作る。それは不安をかき消す程の眩さだった。直視できない明るさに目を慣れさせるように、少女は穏やかな声でこう続ける。

「空斗は絶対負けないもん。私は絶対空斗の試合を応援するんだ」

「有紀子……」

「だからこれ、受け取ってよ……『ヒーローのスペシャルマン』は私には似合わないから」

胸に抱いていた空斗少年の相棒をそっと差し出す。

「それに、私はラクロスやらないもん」

口を閉ざした空斗少年は、少女の手の上にあるぬいぐるみにそっと手を伸ばす。自分の元に戻ってきたぬいぐるみをまじまじと見つめると、あることに気付いたようだった。

「何でこいつ……スティック持ってるの!?」

驚くのも無理はなかった。スペシャルマンのぬいぐるみがラクロスの競技で使うスティックを持っていたからだ。

空斗少年は相棒に『粋な施《ほどこ》し』をした張本人を見遣ると、透は微笑みながら口を開いた。

「ぬいぐるみ用のスティックを知り合いに作って貰ったんです」

「でも、どうして……？」

「ぼくからの御見舞いですよ。手術が上手くいくお守りです。またラクロスができるようになりますようにって」

透がそう言うと、空斗少年は勢い良く目を伏せる。そして嗚咽する声が段々と漏れて、辺りに静かに響いた。透と有紀子は目を合わせると、優しく微笑んで見守るように頷いた。

しばらくして顔を上げた空斗少年は瞼《まぶた》をごしごしと手で拭《ぬぐ》うと、元気で明るい笑顔を作ってみせた。

「俺、またラクロスやりたい……絶対にまた試合に出る！」

「そうこなくちゃ。約束だよっ」

二人の元気な声が病室に木魂《こだま》する。その顔には試合をやっている時の彼の姿を彷彿とさせる、輝かしい希望が満ちていた。

その後、施術を終えたペンギンのぬいぐるみを受け渡す際に、看護師は空斗少年の病状のことを少しだけ話してくれた。

少年の心臓は通常の人間と少し違うのだと言う。激しい運動をしなければ異常を来さず、心臓の違いに気付くこともなく健やかな人生を送る人もいるようだった。

「現代の医療であれば治療を失敗する確率はだいぶ低いです。けれど油断は禁物です。子供の身体は大人と違って強いわけではないので」

「でも彼の身体は強いですよね。ラクロスで活躍するヒーローですよ？」

小さな命を摘み取ろうとする悪しき何かに反発するように透は強く言ってしまう。看護師は包み込むような笑顔を作った。

「ありがとうございます。空斗くんを勇気づけてくれて」

「いえいえっ、むしろお節介だったのではないでしょうか」

「そんなことないですよ。種類は違えど、あなたもお医者さんなんですね」

看護師は感謝を込めて透に深く頭を下げた。


「眠い。休日ぐらい寝かせてくれよ」

「とか言いつつ、秋くんは誘ったら来るじゃないですか」

透が芝生の上に置かれた風呂敷包みを開くと、ハリネズミの小さなぬいぐるみと一緒に、コンビニで買ったおにぎりやサンドウィッチが姿を現した。そのラインナップを見て秋は嘆息する。

「はあ、昼食を透に任せたのは失敗だった」

「たまにはコンビニ飯だって良いですよ。わくわくするじゃないですか」

「確かに、お金に任せてディスプレイの端から端まで買い占めるのは快感かもしれないな」

　そしてサンドウィッチの封を開けながら、秋はこう呟いた。

「意外だな。スポーツに興味のないお前なのに」

「きちんとルールを調べてきましたよ。予習ばっちしです」

　すると、試合開始のホイッスルが鳴り、二人はグラウンドに目を向ける。

　そのフィールドには手術を成功させ、ラクロスの試合に参加している空斗少年の姿があった。疲れなんて感じなさそうな凛々《りり》しい顔でグラウンドを駆けている。瞬く間に空斗少年のチームが優勢になった。

　バトンをくるくると回し、応援しているのは有紀子が所属するバトントワリングのチームだ。この日のためにチーム総出で応援しようと有紀子は周囲にお願いしていたらしい。

　試合の間、二人は視線を交わすことはなかった。お互いを信頼しきっているから、応援に活躍というかたちで応えれば、それ以上は必要ないのだろう。そう透は感じ取った。

「あっ、秋くん。あれ見て下さいっ」

　選手達が控えているベンチに置いてあるとある物に気付き、透は嬉しそうに声を上げる。

それは、ラクロスのスティックを持った彼の相棒だった——。

カルテ4　着ぐるみの中身は……？

「わざわざすいません。車まで出して貰っちゃって」

「いやいや。繋いだのは私だし、これぐらいはしないとね」

桂詩織の運転する車に乗り、透は『とある場所』に向かっていた。後部座席にはビニールで包まれた大きな塊《かたまり》が載せられている。

「さすがに秋くんはこの時間は働いているので助かりました」

「透くんは車の免許を取る気はないの？　今回みたいに大きいものを運ぶなら、持ってた方が便利だと思うけど」

「ぼく的には取りたいんですけど、周りが止めるんですよねえ。『事故は未然に防がないと』って」

「あはは、なんとなく分かる気がする……」

何もないところで転ぶような人間に車を運転させるのは無謀だと周りは気付いていた

のだろう。そう察して苦笑する詩織の顔を見て、透は不思議そうに首を傾げる。

しばらくすると、車窓から見える景色が二人にとって馴染み深いものに変わっていく。

流れゆく風景を懐かしむように透は眺めていた。


「ありがとうございます！　これで当日を迎えられます！」

少女の高く通った声が学校の廊下に反響する。詩織の耳にはかつて聴いていた音楽のように懐かしく響いた。

にこやかな笑顔で立っている少女の足下には、トラの着ぐるみが置かれている。小さな子供に風船を配っていそうな可愛い見た目の着ぐるみだ。

「予算の範囲内で買える着ぐるみがなかったので、新品みたいに綺麗にして頂けて助かりました！」

少女のクラスの担任は詩織と透が在校していた頃からいた教師だった。まだ交流が続いていた詩織は着ぐるみについて相談され、透のことを紹介したのだ。

トラの着ぐるみは間もなく始まる文化祭の催し物で使うらしい。今は準備期間なのか、校舎内を忙《せわ》しなく走り回る女子生徒や、サボって談笑している男子生徒の姿が散見された。

「桂さん、そろそろ行きましょうか」

透が詩織にそう声を掛けると、着ぐるみを受け取った少女はブレザーからスマホを取り出した。

「あの。写真、撮っていいですか？」

小首を傾げた少女は透にそう尋ねた。

その目は一〇代特有の眩い輝きに満ちていて、詩織には直視するのがやや辛い。しかし透はというと、まったくもって意に介さずにあっさりとこう答えた。

「どうぞどうぞ。もう綺麗になったので」

「あ、違います。お兄さんと一緒に」

「えっと、どうしてですか？」

少女の瞳の中で透は小首を傾げて答える。わざわざ「一緒に写真を撮りたい」意図を測れずに、疑問符を頭に浮かべていた。少女もまさか理解されないとは思わなかったのだろう、目を見開いて唖然としている。

「せっかくだから撮ってあげるよっ」

少女の提案の理由を説明させることは年頃の子にはとても酷である。そのことを理解していた詩織は慌てて助け船を出した。

スマホを受け取った詩織は、着ぐるみを挟んで笑顔の少女と透をフレームに収める。女の子と画面に写った透は、なんだか腑に落ちていない顔をしていた。

嬉しそうに写真を確認した少女は、声色を上げて再び透に尋ねる。

「この写真送りたいので、連絡先聞いてもいいですか？」

積極的過ぎるアプローチに心の中で驚いていた詩織だが、それに対する彼の返事も負けず劣らずの意外性があった。

「ごめんなさい。携帯の使い方まったく分からなくて……。写真は大丈夫です」

普段、透は通話と短いメールを返すぐらいしか使わない。詩織の連絡先を登録するのにも、秋にいちいち入力して貰っていたという体たらくだった。

少女は自分を分断する壁の途方もない高さを感じたのか、好感度の高い模範的な女子生徒に即座に切り換えて、にこやかに振る舞った。

「そうですか……残念っ。明後日の文化祭、良ければ来て下さい」

「はい。分かりました」

透の曇りのない笑顔に動揺しているのか、少女は心が揺れるように目をぱちくりさせている。そして透が別れを告げて歩き始めると、別れ惜しそうに手を振って見送った。

「えっ、そうだったんですか？」

校舎が遠のいていく帰りの車中で、詩織は先程の女子生徒の行動についてのネタばらしをしてしまった。

「そうだよ。色々びっくりしちゃった。最近の子の積極性もそうだし、好意丸出しなのに気付けてない透くんもね」

「いやあ、女子高生って見た目に反して中身が大人だから、何考えてるか分からなくて怖いですよね……」

助手席に座る透が苦笑すると、詩織は呆れるように息を吐いた。

「それは透くんが鈍感すぎるだけな気が……」

「恥ずかしながら、異性とのそういう経験値がまったくないので。高校時代なんてもってのほかです」

気恥ずかしそうにしている透が詩織には意外に思えた。確かに異性の匂いを高校時代に感じ取ったことはなかったけれど、彼の容姿ならば先程のように接点はあってもおかしくはなかったからだ。

「どっちかというと、高校時代は秋くんが女の子に人気だったので、それを横目で眺めている感じでしたね。秋くんはスポーツもできるし、勉強もできるし、口数は少ないけど性格は良いので」

過去に思いを馳せているのか、喋りながら口の端が緩んでいる。

秋は外国育ちのようにはっきりとした、透とは種類の違う端整な顔立ちをしている。目立つ容貌《ようぼう》の彼に隠れていたことや、彼と一緒にいることで女子が誰も透に近寄れず、お互いを所有しているような二人の関係に踏み込む度胸を持った人間はいなかったのだろうと詩織は思う。

車窓から見える景色をぼんやりと眺めていた透は、何かに気付いたのかはっと目を見開くと「思い出しました！」と勢い良く振り向いた。

「ぼくにもそういう『経験』がちゃんとありますよ。しかも、さっきみたいな文化祭というシチュエーションですっ」

経験がないことを本気で恥ずかしがっていたのか、爛々《らんらん》と目を輝かせる様子は微笑ましかった。

「というか、桂さんも関係してる話ですよ？」

「えっ、まったく身に覚えがないんだけど……」

詩織は高校の文化祭の記憶を必死に手繰り寄せるが、何も思い出せなかった。お店に戻るまでにまだまだ時間は掛かる。せっかくだからその思い出話を詩織は聞いてみることにした。

「お前、ほんと体力ないよな……」

「ごめんなさい秋くん」

耳元に掛かる声を流すように、秋は嘆息《たんそく》する。

「体重が軽いのも良くない。もっと御飯を食べて筋肉増量だ」

「……お母さんみたいなことを言いますね」

透が弱々しい声で返す。そんな病人を背負って秋は保健室へ向かう廊下を歩いていた。

文化祭の準備期間の真っ直中なこともあり、行き交う生徒達の視線を浴びながら。

このような事態を招いてしまったのは、彼らのクラスの催し物である『コスプレ喫茶』が関係していた。

その喫茶店とは、字面通りの店員が多種多様の『コスプレ』をして給仕するだけの店である。その衣装のラインナップが『コスプレ喫茶』の多様性を打ち出していくのだが、その中に用意された「パンダの着ぐるみ」を透が着ることになったのだ。

まさに着るぬいぐるみである「着ぐるみ」を一番自分が着たいものとして透は立候補したのだが、女子からは残念な声と反対意見しか上がらなかった。

反対の声に不満を持った透は「ならば実際に」とパンダを着用することになり、最終的には酸欠でバテてしまったというのが、これまでの経緯だった。

保健室に入っていくと、消毒液の匂いが鼻孔《びこう》を微かに通り過ぎる。秋が負ぶっていた透を真っ白なベッドに降ろすと、身体の重みでゆっくりと沈んでいった。

眠るように目を瞑っていた透だが、養護教諭に貰った氷嚢《ひょうのう》を頬に押しつけられると「はっ」と目を見開いて、秋は声を出して笑った。

「まあ、パンダの着ぐるみは諦めろ」

「そうですね、この有様じゃクラスの人達に迷惑掛けちゃいますしね……秋くんはぴったりな衣装で良いですよね」

「いや、親が警察官だからって短絡的すぎるだろ」

という理由で秋は「警察官」の扮装をし、喫茶店の風紀を取り締まる役割を押しつけられていた。

「秋くんの警察官姿を親御さんが見たら喜びますよー」

「いやいや、さすがに文化祭に親は来ないだろ。授業参観じゃないんだから。お前んとこは知らないけど」

「ふふ。ぼくの場合、お母さんはいないし、お父さんはこういう催しに興味がある人間ではないと思うので。それにしてもパンダですよっ。ぼくにぴったしだと思ったのに。ぬいぐるみと一体化できる絶好の機会が……」

力なく声を漏らす透を見て、秋は何かを思い出したのか悪い笑みを浮かべた。

「お前にとってはぴったしじゃなくても、周りにとってはぴったしな衣装があっただろ」

「はい？　どういうことですか？」

「お前、もう少しクラスの声に耳を傾けろよ……そのうち分かるだろうけど」

「……？」

うんうん唸っても答えが出ない透は再び氷嚢を押しつけられ、その声は悲鳴に変わる。秋に言われたことが理解できないまま、準備期間は矢のように過ぎ去っていった。


いつもなら静かなはずの朝の時間帯だが、今日の校内の様子はまったく違った。あちこちから溢れる生徒達の声や物音が混ざり合い、大きな熱を作り上げている。文化祭の二日目を迎える校内は、後夜祭を待ち望む彼らの熱気に満ちていた。

「似合ってるじゃん、透くん！」

桂詩織が目を輝かせて見つめている。

熱気に負けず劣らずな感嘆の声が空き教室に響いた。

恥ずかしそうに姿見を確認すると、自分の姿に思わず透は目を逸らす。

視界に入ってきたのは上履きに収まった紺のソックスに、チェックのプリーツスカート。何よりもセーラー服が「違和感」として透には目立って見えた。

カメラがぱしゃりと鳴る音が続く。詩織は携帯のカメラで撮影しながら、真剣な表情で唸っていた。

「なんだろう、すごい清楚って感じ。やっぱセーラーって良いよねえ」

「ほんとにこれ、着てなきゃいけないんですか？」

困惑している当人を余所に、事務作業のように次の段階への準備を詩織は進めている。

「じゃ、時間もないし簡単にメイクだけして、最後にウィッグかなあ。ウィッグなしでもボーイッシュって感じでありだけど、ナチュラルよりもコスプレ感も意識したいし……」

「駄目だ。もう戻れない……」

パンダの着ぐるみにクラスの女子から反対意見が出たのは、女子達が透に着せたい衣装があったからだった。それについてまったく察することができなかった透は、拒否するタイミングを完全に失ってしまっていた。

「うーん。似合い過ぎるのもコスプレ感が出ないから困りどころだよね」

「だったら違うやつにした方が――」

「黙って！　今グロス塗るから！」

詩織に唇をきゅっと摘まれ、透は為《な》す術《すべ》がなくなる。

「人にメイクするのって結構難しいんだよね」

色のついたブラシが唇に近付いてくるのが分かる。自分の顔の間近に異性が近付く緊張感。目のやり場に困っている内に唇をなぞられ、むず痒い感覚が走る。透はぎゅっと目を瞑ってしまった。

「はい。塗り終わったから唇を合わせて、んーって馴染ませてみて……」

言葉通りに唇を合わせる様子を見て、詩織は子犬を愛でるような笑みを作った。

「よし、次はアイメイクをやりまーす」

「桂さんはなんの衣装を着るんですか？」

透はメイクポーチを物色している詩織にそう尋ねた。

「私はね、透くんが着られなかったパンダになります」

「ええっ、桂さんが？」

「キャラに合ってるでしょ。はい、目閉じて」

確かにパンダの抜け殻が空き教室に落ちていたが、使わなくなったから置いている訳ではなかったようだ。着ぐるみでは大人びた素顔が隠れてしまうから詩織が使うには何だか勿体ないと透は思う。

アイメイクによって目元に膨らみと艶《つや》やかな赤みが出来上がると、瞳が可憐な印象になる。そこにショートヘアのウィッグを被せることで、紛うことなき女子生徒の姿が完成するのだった。

「元の素材が良いと化粧しがいがあるなあ。文化祭だからナンパされないように気を付けてね」

「それだけは絶対にないと思います」

詩織が楽しそうに携帯カメラで撮影していると、扉が開き警官の扮装をした秋が入ってくる。警棒を差し込んで扉を開けるという、警察官にはあるまじき行為をしながら。

「おい、そろそろシフトだぞ」

詩織の隣にいる見慣れない女生徒を見て、秋はぴたりと動きを止める。

秋の思考が停まった顔を見て、詩織はけらけらと笑い出した。

「分からないの？　君の彼女の透子《とうこ》ちゃんでしょ？」

「透……!?」

そう言った瞬間に警棒を自分の足に落とし、痛みで声を上げてしまう。分かりやすい狼狽《うろた》えに詩織の笑い声は更に拡大していった。

「おい、なんで怒ってるんだ」

空き教室を出た女生徒は力強い足取りで先を歩いていく。慌てて秋もそれに続いた。

「分からないんですけど、ちょっとむかっとしました」

その言葉に反して、めいっぱい伸ばしたスカートの端を恥ずかしそうにぎゅっと摑んでいる。訳が分からず秋は嘆息するしかない。

「あの話はしたのか？」

前を歩く透の隣に並んだ秋は、こう話を切り出した。

「結局できなくて……ぼくと桂さんはシフトが一緒なので、その時にしようかなと」

「悪い。変なお願いをして」

「しょうがないですよ。文化祭といえば告白に打ってつけですもんね。そのぐらいぼくにも分かりますよ」

透がからかうように口角を上げる。いつもと同じ笑みが、今の容姿だと印象が変わって見えた。

「おっ、今の小悪魔笑顔を撮っていいか？」

「その携帯へし折りますよ」

笑顔から仏頂面に様変わりし、透は『コスプレ喫茶』に入っていった。


秋の「お願い」というのは、こういうものだった。

とある日の昼休み。いつものように机をくっつけ二人でお昼御飯を食べている時のこと。

「中学の頃のクラスメイトに清村《きよむら》っていう奴がいたんだが、この間の帰りにうちの校門の前に立ってて、話しかけられたんだ」

そう言うと、声を潜めて秋は話を続ける。透も顔を近付けた。

「文化祭が終わった後、桂詩織ちゃんに告白したいんだけど……！」

それは清村が唐突に言い放った言葉だ。

サッカー部の練習試合でこの高校にやってきた清村は、クラス委員の仕事で秋と一緒に歩いていた詩織のことを目撃したらしい。彼女に一目惚れをしてしまった清村は、なんとか詩織の所在を突き止め、他校の生徒も足を運ぶ文化祭の放課後にアタックしようと決めたのだとか。

「だけど接点が皆無な俺の勝率はほぼゼロに近い。いきなり告白をしたところで面識もないのに下調べされたことを気持ち悪がられるに決まってる……だったら、文化祭で一目惚れしたって設定でいけば、いきなりの告白で最悪ワンチャンフィニッシュができるのではないだろうか?!」

そう畳みかけるように言われ、秋は強引に告白の場のセッティングを頼まれてしまったのだという。

まったく関わりがない透が巻き込まれているのは、女子生徒のメイク担当である詩織とシフトが殆ど同じなため、放課後に呼び出す用事を自然に取り付けられると秋は思ったのだ。

「まあ、秋くんが呼び出すとなると、それはそれで騒ぎになりますからね」

透が厄介ごとを引き受けたのは前述のような理由もある。

女子人気の高い秋が特定の女子生徒を放課後に呼び出す、という行動は恰好の噂になりかねなかったからだ。告白の場に持っていきさえすれば誤解も払拭されるはずなのだが、噂が校内に広まるのは一瞬である。悪意のある人間によって噂が脚色されてしまえば取り返しがつかないだろう。

「その代わり何かあったらしっかりフォローしてくださいよ」

「ああ、任せとけ」

その後の二人に起きたことは、透にはまったく想像の及ばない出来事だった。


文化祭二日目の昼過ぎに、コスプレ喫茶に他校の件の人物が現れた。

文化祭の催しに他校の生徒が来るのは当然のことなのだが、教室に入ってきた男子生徒は誰かを捜すように目を配っていて、秋が事前に見せてくれた写真から例の彼なのではと透は推測した。

「桂詩織さんってどこにいるか分かりますか？」

そう透に尋ねた短髪の彼は、『清村』で間違いないようだった。

まさか話しかけられるとは思っていなかった透は困惑してしまう。何より女性の扮装をして男性と話すことへの恥ずかしさが未だ拭えなかった。

「え、えーっとですねえ……」

シフト表を確認してみると、詩織は客引きのために校内を着ぐるみで歩き回っていた。

そのことを率直に伝えようとした時に、透は「はっ」と気付いた。

清村が滞在している間に詩織が喫茶店に戻って来たとしても、コスプレ喫茶の店員でいる間は着ぐるみを脱ぐことはないだろう。つまり、着ぐるみのままでは『一目惚れをした』という清村の想定していた展開に持っていけないのだ。

透は御盆で顔を隠しながら消え入りそうな声で答えた。

「もう少ししたら戻ってくるかもしれないです……」

とりあえず今は彼を引き留めるのが先決だと透は思った。本当なら知らないフリをしてもいいのだが、透が着ぐるみ担当ではなく女生徒になったことで起きてしまったイレギュラーな事態である。

どうすればいいか分からず透は心の中で秋にＳＯＳを発するしかなかった。清村に秋の友達だと説明しようと思った時には、別のお客から注文を頼まれ話を切り上げることになってしまった。

それから忙しなく働いているうちに時間は過ぎ去っていく。ライブが行われている講堂が近くにあるせいか、人の往来が多く客が途切れることが殆どなかった。透は文化祭の一日目と二日目の午前中が自由なことを引き換えに、二日目の午後の殆どが喫茶店で働くシフトになっていたのだが詩織はまだ帰ってこない。宣伝のために出掛けているらしいが、要するにサボりというやつだろう。

清村はまだ喫茶店に居座っていた。詩織を呼んで欲しいという意味なのか、透の方を時折じっと見ている。回転率を上げるために三〇分の時間制限があるため、彼はその度に店に入り直し珈琲を注文していた。ある意味とても金払いの良いお客様である。

するると、ポケットに入れていた携帯がメールを受信する。送ってきたのは秋だった。

『さっき詩織に会ったから、告白の件、伝えておいた』

メールにはそう綴られていた。しかし、直接連絡すると問題があるから透に頼んだのではなかったのか。透はそうメールを返すと、秋から返信が届く。

『透が詩織に放課後に用があるってことにしておいた。場所はあの空き教室にしたからよろしく頼む』

その伝え方はどこか引っかかるものがある。他人を介したことで透が本気で詩織に用事があるように伝わりそうだったからだ。

『あと、詩織はそのまま友達のバンドライブに参加するから戻らないって』

続いて届いたメールによって、喫茶店に居座ることが清村にとって徒労であることが発覚する。お金を払い続けて貰っているのが申し訳ないから早く伝えた方が良いと透は思った。それに他の人の目もある。実際に店員であるクラスメイト達も居座り続ける彼をじろじろと見ていた。

透が意を決して話しかけようとすると、その前に清村に声を掛けられた。

「えっと、さっき話したことなんだけど、二人っきりで……」

そう詩織のことについて切り出される。心なしか緊張している清村は口を閉じたままで、透は先に用件を伝えた。

「放課後、空き教室でいいですか？」

「そこで待ってるんですか？」

きょとんとした顔で清村はそう言う。彼女が喫茶店には戻ってこないことも分かったのだろう。

「はい、そうです。それでは」

彼の企《くわだ》てに抜けを作ってしまったことを申し訳なく思い、透はよそよそしく答える。そしてお辞儀をして去ろうとすると、その腕を清村に摑まれた。

「ありがとうございますっ。あの、名前何でしたっけ？　透子の上の名前！」

セーラー服の胸ポケットに貼られたネームラベルを見て、清村はそう言った。

「えっと、綿貫ですけど……」

「あっ、あー、ごめんなさい。飲み過ぎてトイレに……また後で！」

矢継ぎ早に言葉を吐いた彼は、会計の小銭を机に叩きつけるように置き、お腹を押さえて教室を走り出ていく。

誰にでもきちんと御礼を言う律儀な人なんだな。透はそう思った。

放課後になり、透は空き教室で詩織と落ち合うことになった。パンダが教室に入ってきて透がびくりとすると、詩織は声を上げて笑った。

着ぐるみを脱ぎ始めた詩織に透は事の次第を話そうとしたのだが、

「あー、その話さ、長くなりそう？」

詩織にストップをかけられた。この後に起こるイベントを想定すれば、長くなるのは必然である。透は短い時間では済まないと伝えた。

「だったらごめんっ。私この後の後夜祭ライブ出なきゃなんだよね。ボーカルがぶっ倒れちゃって。代わり頼まれたんだ」

緊急事態だったのか、透が呼び止める間もなく着替えを終えた詩織は教室を出て行ってしまった。

着ぐるみの外側だけが残されて、中身がいなくなってしまった。こちらも緊急事態である。取り残された透は急いで秋に電話を掛ける。

電話口で告白相手がいなくなってしまったことを伝えると、清村と連絡を取った秋からメールが届いた。

『詩織はそこにはいないって伝えたけど、返信がないな。もしかして携帯を見てないのかもしれないから、一応教室で待って貰ってもいいか？』

確かに何も知らない清村が一人で教室に来て、誰もいない状況だったら悲惨である。しかもここは彼にとっては他校だ、在校生に不審に思われたら迷惑をかけてしまう。だからといって誰もいない教室に一人で待っているのも嫌だった。

窓から外を覗くと、明るく照らされた校庭で後夜祭に参加する生徒達が楽しそうに騒いでいる。いつもこの時間は部活の生徒達で溢れているから、不思議な光景に透には思えた。教室はすっかり暗くなっていて、廊下の蛍光灯でかろうじて視野を保っている。ひとりぽつんと取り残されている心細さが暗闇の中で産声を上げた。

「制服……早く脱ぎたいのに」

急いでいたせいで、透はまだ女生徒の制服を纏っていた。

秋から『もう少ししたら行く』と連絡が来て、ほっと安堵する。一世一代の告白がとっくの昔に失敗に終わっていたと、赤の他人が伝えなくて済むからだ。

そんな時だった。誰かが教室に近付く気配を感じると、足音が聞こえてきた。足音の主は秋なのか、清村なのかは分からない。

しかしすぐに正体は分かった。

「桂詩織さん！　お話があります！」

清村が教室の入り口で思い切り叫んだからだ。

透が事情を説明する間もなく、清村は既に告白のモーションに入っていた。

こうなってはもうどうにもならない。動揺した透は落ちていたパンダの頭部が目に入り、慌ててそれを被ってしまった。

「えっとその、桂さんのことは喫茶店で……あっ、ごめんなさいっ。俺は大変な間違いを……もう一度やらせて下さい！　今のはなしで最初から！」

と言って清村は慌てて咳払いをする。

喫茶店で詩織と会うことはなかったのだから、その告白の文言は間違っていた。一体どのような言葉で好きになった経緯を伝えるのだろうか。明らかにおかしい言動を忘れて最初からとは都合が良いなと透は苦笑する。

教室が暗いせいか、教室に詩織がいないことに気付いていないのだろう。先程の失敗で落ち着きを少しは取り戻したのか、清村は深く息を吸った後に再び告白の体勢に入った。

「急にこのような場所に呼び出してごめんなさい。いきなりのことで驚きますよね……あっ、俺は城南《じょうなん》高校二年のサッカー部、清村直《なお》と言います」

たどたどしい口調にパンダの頭部の中で透は声を出して笑ってしまいそうになる。

「他校の俺が呼び出したのはその、ここに通う友人がきっかけなんですが……実は一目惚れなんです。喫茶店で見つけた時から……」

まだ清村は混乱しているのか、話に齟齬《そご》が生じていた。喫茶店に詩織はいなかったのだから、そこで「一目惚れ」が発生する訳がない。透はそう教えてあげたいが、今は彼がどのように言葉を続けるのかの方が気になってしまった。

教室に広がる暗闇を見据えると、清村は再び話を切り出した。今度は落ち着いて相手に伝えようという意思を感じる声の調子だった。

「喫茶店でウェイトレスをしているあなたのことが気になってしまったんです。何というか、普通の女の子と違う感じがしたというか。あまり目立ちたくないのか、恥じらいがあって静かで淑やかに振る舞っている感じとか。御盆で顔を隠す仕草とか、控え目で奥ゆかしい素振りがその、ぐっと来てしまって……」

パンダの頭の中で透は首を傾げる。なんだか話の様子がおかしい。彼の言葉の端々に何か違和感を覚える。そう思った時だった。

「率直に言います。綿貫透子さん！　あなたのことが好きです！　あっ、えっと、返事は今は大丈夫です。その、ゆっくり考えて貰いたいというか、まずは交流を深めたいとこもあるので……いきなりですいません！　ではっ！」

そう叫んだ清村は、慌てて走り去っていく。

彼の足音が遠のくまでえらく時間がかかったような感覚を透は覚える。教室に静寂が訪れると気が抜けたようにゆっくりと立ち上がり、パンダの頭部を脱ぐ。その下に隠れていた頬や瞳は紅く上気していた。

しばらく呆けていた透は、携帯の震えではっと意識を取り戻す。それは秋からの着信だった。

『透、どうだった？』

聞き慣れた声に安堵したのか、蛇口を捻るように動揺が溢れだした。

「どうって？　どうってどういうことですか？　あの、なんかよく分からないんですけど？」

透の動揺が電話越しに伝わったのか、秋の遠慮のない笑い声が木魂した。

笑われていることに透が抗議をすると、ここでネタばらしと言わんばかりに秋は説明する。

それは、いともシンプルな経緯だった。

秋はコスプレ喫茶にいた清村から事前にメールを貰っていた。

『清村に「喫茶店にいる女の子に一目惚れした」って言われたんだよ』

つまり、ここは最初から「喫茶店にいた女の子」に告白するために用意された場だったのだ。詩織にもそう話が通っていたのだろう。透に知らされていなかったのは、滞りなく告白を決行させるためだったのだとか。

『で、清村の告白はどうするんだ？』

からかうような言葉に、顔を真っ赤にした透は発作的に通話を切ってしまう。

文化祭が終わって二週間は二人の間に会話はなかったが、その後にいつも通りの日常に戻ったのだという。

カルテ5　ウェディングベア

クリニックの窓から差す光は強い熱を帯びている。ここ数日は季節が戻ったかのような暖かい日が続いていた。額に浮かんだ汗の粒を秋が拭うと、涼やかな顔でこう尋ねられた。

「その方は秋くんのご友人ですか？」

「まあ、中学時代の知り合いってとこだな」

秋はいつものように『ぬいぐるみクリニック』に足を運んでいた。

その店主である透は、秋の手土産であるチャイを口にしながら、ご近所さんから貰ったパウンドケーキを楽しそうに切り分けている。

「場所は伝えてあるから、もう少ししたらここに来るはずだ」

本日のお客は中学時代の集まりで再会した秋の元クラスメイトだ。秋の近況を知りぬいぐるみについて相談をされたことから、このクリニックを紹介したようだった。

それから数分が経ち、二人が雑談をしていると店の扉がゆっくりと開いた。

入ってきたのはカジュアルなスーツを身に纏った男だった。

「初めまして。英の紹介で来た、松前芳郎《まつまえよしろう》です」

松前は透に向かって小さく頭を下げる。きっちりした性格らしい彼は、待ち合わせ時間ちょうどにやってきた。

「ええと、クリニックの店長さんは……」

「あ、ぼくですよ」

明るく店主が答えると、松前は慌てて頭を何度も下げた。

「ごめんなさい。お若い方だったので、てっきり……」

「いえいえ、よく間違われるので」

「こちらが綿貫透さんだ」

秋が笑いを堪《こら》えながら言うと、松前は申し訳なさそうに頭を掻く。透は気にせずにこにこと会釈をしていた。

「ウェブデザインの会社を経営されてるんですね」

「はい。大学時代の友人と始めた小さな会社ですけど……」

大学時代、サークルのウェブページを松前が作成したことが起業のきっかけだった。学生の製作にしては凝ったデザインで、サークルの宣伝に大いに役立っていたのが、そのまま仕事になってしまっているということらしい。

名刺を机に置いた透は、松前に今回の用件を尋ねた。

「クリニックにいらしたのは、『ぬいぐるみ』の治療のためですよね？」

「いえ、違うんです」

「えっ？」

透が驚くと、松前はこの店に来た理由を話し始めた。

「実は私、来月に結婚を控えてまして……。妻が『ぬいぐるみ』好きなんです」

「なるほど、奥さんが『ぬいぐるみ』を持っているんですね」

その言葉に松前は首を振った。

「いえ、今は……。今回御相談したいのは、妻がかつて持っていた『ぬいぐるみ』を見つけて頂けないかと思いまして」

「見つける……？　失くされてしまったんですか？」

「はい。妻の実家が火事に遭った際に焼失してしまったようで……子供の頃から大切にしていたみたいなんです」

鞄から一枚の古びた写真を松前は取り出す。

そこには女の子が写っていて、大きなリボンが首に巻かれたテディベアを抱いている。その背後にはぼんやりと外国の風景が写り込んでいた。

「探して頂きたいのはこのぬいぐるみなのですが……どうやら国内には売ってないものみたいなんです」

「……なるほど、可愛いリボンが特徴的ですけど、ぼくは見たことはないですね。クリニックでテディベアを預かることはよくあるんですけど……。どこの国で買ったものだか分かりますか？」

「妻は幼い頃、海外を転々としていたらしく、どこかの国のフリーマーケットで買ったとしか……」

そしてぬいぐるみの写真も、その一枚しか残っていないようだった。

「なるほど、外国の子ですか……」

写真を見つめ深く考え込むように透は黙り込む。

口を閉ざした透を見て無理もないと松前は思う。あくまで『ぬいぐるみの治療』が専門だから、今回のような相談は得意ではないだろう。ましてや海外製で何処の国かも分からないぬいぐるみだ。ヒントも一枚の写真しかないのでは、お手上げになるに決まっていた。

「結婚式までに『ぬいぐるみ』を見つけて、プレゼントしたいと思ったのですが、やはり難しいでしょうか？」

松前は懇願するような声でそう言うが、透は未だ沈黙を貫いていた。

「透は『ぬいぐるみ治療』の専門医だ。さすがに難しいかもしれないな」

秋がそう助け船を出そうとしていると、透は何かを思い付いたように「ぱっ」と顔を明るくさせた。

「分かりました。ぬいぐるみのお写真だけ、コピーをとらせて貰ってもいいですか？」

「もちろん大丈夫ですが……」

「透、探す手立てがあるのか？」

「はい。ぼくだけでは難しいと思うんですが、もしかしたら見つけられるかもしれません」

写真を手に取った透は、二人に優しく微笑んだ。

「休憩時間にお邪魔してすみません」

目の前に座る若い女性に、透は謝意を伝える。

松前と透がやってきたのは駅前にある年季の入ったファミリーレストラン。ウェイトレスとして働いている女性に透は用があり、向かい合って座っていた。

「彼の居場所を教えて欲しいんです。どこにいるか分からなくて……」

「どうして私にそんなことを聞くんですか？」

張り詰めた彼女の声が店内に響くと、その瞳から大粒の涙がぼろぼろと溢れ始めた。何が起きたのかまったく分からない松前は唖然《あぜん》とするしかない。

透は慌ててハンカチを差し出すと、奪うように彼女は勢い良く手に取り、顔を覆った。

「彼の居場所なんて、私が知りたいですよっ。だって私達、もう付き合ってないですもん……」

「ごめんなさい。失礼なことをお聞きして……。ぼくが最後に記憶していた彼の交際相手が貴方だったので……」

すると彼女は素早く顔を上げ、潤んだ瞳を目の前の人物に強く向けた。

「私のこと、覚えていてくださったんですか？　やっぱり彼の従兄弟だけありますね。面影が少し似てるというか……あなたの方がとても良い人そうだけど」

ハンカチで覆っていた顔がみるみるうちに明るくなり、突然手を握られた透は困ったように笑みを作る。

透が言う『彼』とは、松前の妻の持っていた『ぬいぐるみ』の手掛かりになる人物らしい。

しかし透の知っていた連絡先が不通になっていて会うことができず、彼を捜し出すために関係する人物にあたることにしたのだ。

「付き合わせてしまってごめんなさい。手掛かりゼロでしたね」

ファミリーレストランから出た透は疲れたように嘆息している。その日は予定がなく自由に動けた松前は、透と同行することにしていた。

「その従兄弟って一体どんな人なんですか？」

「そうですねえ……」

透は頰に手を当てて思案すると、何かを思い出したように微笑んだ。その表情は『彼』との距離感を自然と示しているように松前には思える。

「チャラくて、いい加減で、だらしない奴ですよ」

「そんな人が、『ぬいぐるみ』の手掛かりに？」

「もしかしたらですが。現状の可能性では一番有力かなと。日本に帰ってきてるはずなんですが連絡が取れなくて……」

「ほぼ行方不明じゃないですか」

「あはは。ぼくも携帯を持ち忘れて秋くんと連絡が取れなくなることがよくあるんで。たぶんそういう血なんだと思います」

なるほど。だからこのクリニックにはホームページが存在しないのか、と松前は心の中で納得してしまうのだった。

「あいつが行きそうな店なら知ってるけど……ていうか、あいつに貸した引っ越し費用、いつになったら返ってくるわけ？」

「彼に会ったらきつく言っておきます」

その後、『彼』が以前働いていたというアパレルショップに二人が足を運ぶと、行きつけのバーを知ることができた。

その店のマスターに彼のことを尋ねると、今日このバーにやってくるかもしれないとのことだった。彼に辿り着く手掛かりがこのお店しかないため、二人はしばらくこの店で待つことにする。

入り口の近くの席に二人は腰を下ろすと、店の奥から声の大きい常連客の喧騒が聞こえてくる。繁華街のど真ん中にあるお店だから仕方がないが、その猥雑《わいざつ》な雰囲気は透には不釣り合いに松前には見える。このような店には足を運ぶことはなさそうだった。

するると、透の携帯に着信があり、周りの騒音で喋りづらそうにしつつ通話をしていた。

しばらくして通話が終わると、『彼』から連絡が来たのかと松前は尋ねた。

「秋くんにここまでの道を教えてました。さっき電話が掛かってきて事情を話したら、仕事が終わり次第すぐ来るって言ってまして」

「あっ、そうなんですね……」

「さっき最寄りに着いたって言ったので、もうしばらくしたら着くと思います」

まるで保護者のような秋の行動に松前は苦笑するしかない。中学時代から先の秋の動向は殆ど知らなかったから、その先で出会った透との関係は不思議でしょうがなかった。

……しかし、本当に透の従兄弟はやって来るのだろうか。もしかすると期待だけさせておいて、食事分の料金をせしめようとしているのではないか。偏った見方かもしれないが、店の雰囲気や店主の容姿がいかがわしく松前には思えてしまった。

すると、入り口から店内を秋が覗いていることに透は気付いた。

「あっ、秋くん――」

透は手を上げて呼びかけるが、誰かの痛みに悶える声が続けて耳に入った。

どうやら秋は『もう一人』連れてきているようで、まるで犯罪者を連行するかのように店の中に男を引っ張り入れた。

「いたたっ、店はここだって言ってんじゃん！」

そう文句をつけている若い男は、手入れのされていない金色のプリン頭にサングラスを引っかけた柄シャツという『癖の強い風貌』で、この店の雰囲気にとても似合っていた。

そしてその男は透と目を合わせると、大きな声を上げる。

それは透も同じくだった。

「あれっ、宙太郎《ちゅうたろう》!?」「あっ、透ちゃん！」

まさかの彼が透の捜していた『従兄弟《いとこ》』だったのだ。

「ごめんよ透ちゃん。海外から戻ってきたばっかで、今は使える携帯持ってなくってさあ。まさか捜してくれてるとは……」

バーから喫茶店に場所を移した四人は、透の従兄弟である『鶴《つる》宙太郎』を囲んでいた。

「ぼくもまさか秋くんと一緒に現れるとは思わなかったけど……」

「路上で堂々と客引きをしてたからな。条例で禁止されている」

「いやいや、キャッチじゃなくてナンパしてただけっすよ」

そう言った彼はふて腐れるようにタマゴサンドを口に運んだ。

「それで、透とこいつの関係は一体なんなんだ？」

秋は猜疑心に満ちた瞳を光らせている。斜め前に座る人物はその視線に気付くと、げほげほと咳き込んだ。

「さっきも言ったじゃないですか。宙太郎は従兄弟ですよ」

「そうそう。透ちゃんがおしめをしてるぐらい小さい頃から知ってる仲っすよ」

「そうでしたっけ？　ぼくは小さい頃のことなんか覚えてないですけどね」

「最初は透ちゃんを女の子だとずっと思ってて『透ちゃんが好き！』って言って赤っ恥かいちゃったこともあったんすから」

「宙太郎、喋りすぎ」

話を遮った透は、口封じのために隣の彼の口にタマゴサンドを突っこんだ。血縁者ならではの親密さに、松前は心の中で苦笑した。

脱線した話を正すように秋は咳払いをすると、再び本題に入った。

「で、この男に何で用があったんだ」

「そうでした。正体不明の『ぬいぐるみ』の在り処を宙太郎に聞いてみたいなと思いまして」

松前からコピーさせて貰った写真を透は取り出した。

「宙太郎は輸入雑貨専門のバイヤーなんです」

「なるほど。だから、海外に行っていたと……」

「こう見えて宙太郎は色んな国の言葉が使えるんですよ」

「そほなんです」

まだ口の中にタマゴサンドが残ったまま宙太郎は答えると、秋に睨まれ慌てて水で流し込んだ。

「この松前さんの『ぬいぐるみ』がどこのものか、分かりますか？」

透から写真を見せられた彼は、唸りながらぬいぐるみを凝視する。

「確かに海外からブランドもののぬいぐるみを仕入れることはあるんすけど……うーん、このぬいぐるみに見覚えはないっすねえ。タグがついてればそこからブランドが分かるんすけど、この不鮮明な写真じゃ難しいかなあ」

「やっぱり宙太郎にも分からないですか……」

残念そうに透が肩を落として俯《うつむ》くと、宙太郎は斜め前に座る人物にじろりと冷たい目で睨まれた。

「そんな目で見られても、俺探偵じゃないんで……。ちなみに、この写真って何年前のものなんすか？」

「二〇年ぐらい前になりますかね」

松前がそう答えると、彼は「そんなに前なの……？　透ちゃん、もう一回それ見せて」と写真をまじまじと眺めた。

海外に頻繁に足を運ぶバイヤーだからといって、二〇年前の写真を見ただけで何か分かることがあるのだろうか。松前がそう思っていると、何かに気付いた彼は「あー」と大きく口を開いた。

「おっ、何か分かりましたか？」

「うん。この写真の場所。シドニーのマーケットっすね」

「シドニーってことは、オーストラリアですか？」

「そうそう。背景に写ってる教会はシドニーにあるパディントン教会。建物に鉛筆みたいな形をしてる部分があって、前に行った時に印象に残ってたんだよなあ」

「つまり、写真のぬいぐるみはそこで買ったものってことですね」

「そ。恐らくぬいぐるみを手に入れたのは『パディントンマーケット』。この教会の敷地内で行われてる有名なマーケットで、四〇年以上前から開催されてるから間違いないっすね」

「すごいです。さすが宙太郎っ」

感心した透がそう言うと、照れくさそうに彼は眼を細めて笑った。

「それで、ぬいぐるみを買った場所は分かったとしても、その『ぬいぐるみ』自体はどうするんだ？」

「一つだけ探す手段があるんすよ」

秋の問いに、彼は自信ありげに笑ってみせる。

「このマーケットで馴染みの仲間がちょうど出店してるんで、そいつに写真のデータを送って探して貰えば……もしかしたら、見つかる可能性もあるかもしれないっすね」

夜空には絵の具を散らしたように星が点々と浮かんでいる。日中は暖かい空気はあったが、夜になると肌の隙間を縫うように撫でる風が冷たかった。

喫茶店が閉店の時間になり、透たちは最寄り駅で松前と別れることになった。

「後はぼく達にお任せ下さい」

「無理を聞いて頂きすみません。どうかよろしくお願いします」

松前は透達に深く頭を下げ、駅に向かって歩いていく。その姿が駅前の雑踏に紛れ見えなくなると、透は振り向いた。

「ありがとう宙太郎。突然お願いしたのに引き受けてくれて」

「ま、透ちゃんの頼みだし。この程度のことなら朝飯前ってとこかな。それにしても、相変わらずお人好しっすね。お店と全然関係ないことなのに」

「でも、ぬいぐるみには関係していることなので」

「そうっすけど……」

宙太郎は透と話をしながらも視線は別の場所に飛ばしている。気にしているのは、透の背後に立っている秋だった。宙太郎は彼に聞こえないようそっと小声で話し始めた。

「あの、透ちゃん。あの警察の人って……」

「そうでした。紹介してませんでしたね。高校のクラスメイトの英秋くんです」

透にそう言われた宙太郎は、頭の片隅にあった点と点が繋がったように「なるほど！」と、潜めていた声の音量を上げた。

「たまに透ちゃんが話してた人だったのか！　いつも透ちゃんがお世話になっております。透ちゃん危なっかしいとこあるから、こういう人が友達で良かったっすねえ」

「こいつ、急に馴れ馴れしくなったな」

「宙太郎はそういう子なんです。諦めて下さい」

「歳が一つ上なだけで大人ぶられてもなぁ」

「しかも、年下なのかよ」

秋が悪態を吐くと、その近くで透の笑い声が漏れた。

後日、クリニックにやって来た宙太郎に『ぬいぐるみ探し』の進捗を尋ねていたところだった。その詳細を聞いた透は、松前に伝えるべく電話を掛ける。

「……ごめんなさい。まだ見つかっていなくて。宙太郎に探して貰ってはいるんですけど……」

『そうですよね、そんなに簡単には見つからないか……』

電話先の声色が曇っているのを透は感じる。それもそのはずだった。結婚式の開催まであと二週間を切っていたからだ。松前がどこか焦っているようにも感じた透は穏やかに語りかけた。

「まだ時間はありますよ。ぼくらには待つことしかできないですが、見つかることを祈りましょう」

パソコンを開き仲間と連絡を取っている宙太郎に透は目配せする。

すると、宙太郎は跳ねるように椅子から立ち上がり、透に身振り手振りで何かを伝えようとする。透が耳から携帯電話を離すと、宙太郎は興奮しながら、パソコンの画面を見せてきた。

「松前さん。見つかったみたいです。『ぬいぐるみ』」

『本当ですかっ?!』

「はい。宙太郎に代わりますね」

電話口から漏れる声量に驚きながら、透は宙太郎に携帯を渡した。

「ちょうどさっきダチから連絡が来たんすけど、『ぬいぐるみ』は作家によるハンドメイドで、現在はもう流通していないみたいでした」

『つまり、もう残ってないんでしょうか？』

「ところがっ、パディントンのマーケットの情報網を辿ったらぬいぐるみ作家さんの家族に会えたみたいで、事情を話したら家に保管されていた一つを譲って頂けることになったんすよ。今、画像を送りますねっ」

宙太郎は携帯をスピーカーモードにし、自由になった腕でパソコンを意気揚々と操作する。画面にはリボンが特徴的なテディベアの画像が表示されていた。

メールを受け取った松前の感嘆の声が携帯から漏れる。

『本物に間違いないですね。まさか本当に見つかるとは……』

「ただ、海外からの発送なんで、日本に到着するのがだいぶギリギリになりそうっすね。当日に間に合うかどうか……」

『大丈夫です。見つかっただけでも奇跡のようなことなので。結婚式に間に合わなくても、終わった後に渡すこともできます』

しかし、身を乗り出すように透は会話に割って入った。

「それじゃ駄目ですっ。一生の思い出なんですから、必ず間に合わせます！」

『はい……！』

真剣な透の声はしっかりと松前に伝わったようだった。

その後、用事のために出ていった宙太郎と入れ替わるように、松前がクリニックに現れた。

「ごめんなさい。来客用のお茶を切らしてまして、こんなものしか用意できませんでした」

アイスココアを用意した透は、テーブルにグラスを置いた。

「いえ、お構いなく。ぬいぐるみが見つかった勢いで来てしまっただけなので」

急いでやってきた松前は、乱れた衣服を整えている。

「松前さん、祝杯を挙げましょう」

透はにこりと笑うと、グラスを口に運んだ。

「結婚式。素敵なサプライズになりますね」

そう朗らかに言った透は、松前の表情が少しだけ暗くなっているのに気付いた。

「……サプライズというより、これが一番欲しいものだと思うんです。きっと彼女が欲しいものは、私からの結婚指輪なんかじゃないので」

グラスの結露を指でなぞりながら松前はそう口にする。それは落ち着き払った声だった。

「どうして……ですか？」

結婚相手のためにぬいぐるみを探す依頼をする程だ。幸せで円満な結婚を迎えるものだと透は思っていた。松前はグラスを静かにテーブルに置くと、その『事情』を語り始めた。

「僕らは今時珍しい、お見合い結婚なんです」

「というと、元々お知り合いではなかったんですか？」

「いえ、幼馴染みでして。家が隣同士で、小さい頃はよく遊ぶ仲でした」

なのにどうしてお見合い結婚なのか。そこに松前の翳《かげ》りの一端を察した透は、語られる事情に耳を傾けることにした。

「頼子《よりこ》さんはきっと、僕との結婚を望んでいないんです……」

松前は代々続く政治家一家の末っ子で、実家は都内の一等地に居を構えている。婚約相手である鈴鹿《すずか》頼子の父親は外資系の大企業に勤めていたため、所謂《いわゆる》『お金持ちの子供』同士の幼馴染。その地域に子供が少ないこともあってお互いの両親もとても仲が良かった。

「同い年だけど、兄妹に冷たくされていた私にはお姉さんのような存在でした。彼女の親は海外に仕事に行くことが多く、家で親戚と留守番をする彼女が離さず持っていたのが、あの『ぬいぐるみ』だったんです。家族で海外を旅行した時に買って貰ったものだと言っていました」

「写真の頼子さんはとても嬉しそうでした」

「その後、彼女は中学に上がる前には両親と一緒に海外で暮らすようになったんです。それからしばらくは会わないまま……私が大学を卒業する頃、彼女が帰国してきました。まだあの『ぬいぐるみ』を大事に持っていて、彼女は何も変わってなかった」

久しぶりに彼女と顔を合わせた松前は、彼女に抱いていた好意に気付いたらしい。しかし、親の反対を押し切って好きな仕事をしようと決めていた彼は、自分の親と仲の良い彼女と面と向かって話すことが難しくなってしまったようだった。

「そんな風に彼女と距離を置いていたら……、彼女は不幸に遭ってしまいました」

その不幸は、ぬいぐるみの手掛かりが写真一枚だけになってしまったことに深く関係があった。

数年前、冷えた肌がかさつく季節のこと。彼女の父親の不注意によって火事が起きてしまったのだ。彼女は無事だったのだが、彼女の住む家は殆どが燃えてしまい、建物の倒壊に巻き込まれた父親は大怪我を負ってしまった。

「家財を失い働き手である父親もリタイアせざるを得ない状況になりました……。そのことで働くことが余儀なくされた彼女ですが、裕福な暮らしをしてきた彼女にとって、一家を支えるのはとても厳しい現実でした」

そんな時に「とある提案」をしたのは松前の父だった。

松前と彼女の父は、二人が幼い時に「我が子を許嫁《いいなづけ》にする」と冗談で語り合っていたらしい。そのことを思い出した松前の父は、二人が結婚をすれば経済的にも楽になるのではないかと再び話題にしたのだ。それは彼女に好意を持っていた松前にとっては、願ってもないことであった。

松前と彼女の意思を確認した父は「お見合い」をすることにし、無事二人は婚約に至ることになったのだ。

「そんな冗談みたいな幼い頃の決まりごとが、今になって本当になってしまうとは思いませんでした。彼女が婚約を承諾してくれるとも思わなかった。彼女がそれを受け入れたのはきっと、生活が大変だからです。私に対して好意を抱いていたからでは決してない……」

俯いた松前の視線の先にいたのは、テーブルに置かれた写真の中の彼女だ。ぬいぐるみを抱いて、輝く笑顔を振りまいていた。

「ぬいぐるみをなんとかして探そうと思ったのも、少しでも彼女に振り向いて貰いたかったからなんです」

話を黙って聞いていた透は、松前の目を見据えゆっくりと口を開いた。

「でも……生活に困ってるからって、好きでもない人と結婚しようなんて思うのでしょうか？」

「それは……彼女の気持ちを聞かなければ分からないことです。お互いの本当の気持ちが知れるような仲にもまだなっていないので」

松前は苦しさが混じった笑顔でそう答える。彼の気持ちを汲《く》んだ透は、それ以上は何も言えなかった。

ぬいぐるみが海を渡ってきたのは、松前の結婚式の当日だった。

披露宴が始まるのは午後の三時で、現在は午後一時と差し迫った状態である。午前中に届くはずのぬいぐるみは宙太郎が寝過ごしたことにより、再配達で届くのを待っていた。

「ごめんなさい秋くん、車まで出して頂いて」

「松前に式に誘われてなかったら、断ってたぞ」

「まったく。人の電話番号で登録するなんて信じられません」

帰国したばかりの宙太郎は携帯電話を契約していなかったのだろう。

アパートのインターホンを鳴らしながら透は嘆息する。宅配便の再配達の連絡先を透の電話番号で登録していたらしく、慌てて宙太郎の家に乗り込んだのだ。

「これは確実に寝てますね……ってあれ、鍵が開いてますね」

問答無用で扉を開けて入って行くと、部屋はゴミと段ボールと埃《ほこり》で溢れていた。靴を脱いで上がった透はカーテンを開けると、真っ暗な部屋に差し込んだ光で汚さが強調される。

続けて家に上がり込んだ秋の爪先に何かが当たると、蹴られた丸い塊はびくりと反応した。

「毛布か。ゴミかと思った」

「こんなところに寝てたんですか。ほら、起きて下さいっ」

毛布を被ったまま起き上がった部屋の主は、目を擦っていると透の存在に気付いたようだった。

「どうして透ちゃんがいるの？」

「ぬいぐるみを取りに来たんです」

いつもの笑顔にほのかな冷たさを感じた宙太郎は、「はっ！」と全てを理解し目を見開いた。

「なんで送り先を自分の家にしちゃったんですか！」

「慌ててやり取りしたから松前さんの住所にし忘れたんだって！」

「あと少しで再配達がここに届くんで、そしたら式場まで運びますよ。はいっ、それまで出掛ける準備！　顔洗って歯磨いて！　パジャマから着替えて！」

透にせっつかれ、ばたばたと宙太郎は部屋を右往左往している。

まるで学校に遅刻しそうな子供に指示する母親のような光景で、秋は呆れるしかない。

普段の透の寝起きの悪さを知っていると尚更だった。

「ていうかなんで俺も行くことになってるんすか」

「今日予定がないからずっと寝てたんでしょ？　それに、お嫁さんが懐かしのぬいぐるみと再会して喜ぶ顔、見たくないですか？」

「ええー……見たくない訳じゃないけど、昨日夜中まで飲んでたからまだ眠い――」

「ほら、手を止めないで歯を磨いてっ」

兄弟のように二人が言い合っているとインターホンが鳴る。再配達の荷物が届いたようだった。


透達が到着したのは式が始まるギリギリだった。

結婚式はチャペルウェディングで、式場は海辺の近くにあった。教会に張り巡らされた硝子窓からは綺麗な海や青空が一望できる。気持ちの良い陽の光が降り注いでいた。

慌てて式場の中を歩いていくと、控え室の外ではタキシード姿の松前が待っていた。

宙太郎が謝りながらぬいぐるみを渡すと、松前は深く頭を下げてから受け取った。

「頼子さんに喜んで頂けるといいですね」

「はい、そう願ってます」

その声音には力強さが籠もっていた。

頼子とぬいぐるみとの『再会』はもう少し先らしい。新婦に気付かれないよう、透達は静かにその場を後にした。

――結婚式が始まると、多くの拍手を浴びながら新郎が入場する。続けて新婦が親族と共に現れた。

家族や友人が集まる中、最後列の席に透達は座ることになった。

新郎の松前も新婦の頼子も、とても穏やかな表情で、松前が不安を抱えているとは誰も思わないだろう。そして式は順調に進んでいき、指輪交換の時間になった。

司会がベルを鳴らすと、新郎新婦の指輪を届けるために、親戚であろう小さな女の子が入り口からやって来る。女の子は指輪が載せられた小さなカートを押し祭壇に辿り着いた。

その途端、穏やかだった頼子の表情が一変する。それは、深く心に感銘を受けたような喜びに満ちたものだった。

その指輪を持っていたのは――久々に再会した、あの『ぬいぐるみ』だったからだ。

新婦は潤んだ瞳で、隣に立つ新郎を見る。新郎は彼女の気持ちを汲み取るようにゆっくりと頷いた。

ぬいぐるみから指輪を受け取った二人は、互いの指に銀色のリングを通す。その光景は多幸感に満ちあふれていて、参列している全ての人を笑顔に変えた。

彼女の溢した美しい涙には、ぬいぐるみと再開できた喜びだけが含まれている訳ではない。新郎の思い遣りに心を打たれ、生まれた落ちた涙だ。言葉を使わずとも気持ちは通じ合っている証なのだと透は思った。

式が終わると、新婦に透達は声を掛けられる。リボンが特徴的なテディベアが頼子の腕の中で眠っていた。

「この度は本当にありがとうございました。ぬいぐるみのこと、探して下さったと聞きました」

「いえ。ぼくの本業はぬいぐるみのお医者さんなので、そっくりなものを届けるのが精一杯でした」

透がそう言うと、頼子はぬいぐるみをそっと撫でた。

「あの時のぬいぐるみにはもう出会えないですけど、今手元にいるこの子はあの子の兄弟みたいなものだと思うんです。今まで私の人生を一緒に歩んできたあの子みたいに、今度はこの子が私を見てくれる、新しい人生を一緒に歩んでくれる」

俯いていた頼子はゆっくりと顔を上げる。

「そのぬいぐるみを探し出してきてくれた、私の大事な夫と一緒に」

それは、これからずっと共に生きていく人に向け続けるであろう、穏やかで優しい笑顔だった――。

「いやあ、良い式だったっすねー」

帰りの車中。後部座席に座る宙太郎は、しみじみと結婚式の感想を語っていた。そんな彼を煩《わずら》わしいと感じているのが秋の顔に出ていて、助手席に座る透はほくそ笑んでいる。

「行くのを渋ってたくせに。一番感動してるじゃないですか」

「結婚式、憧れるなあ。いつかやってみたいなあ。プロポーズってのを人生で一度はしてみたいっすよねえ」

彼の話を聞いていて思うことがあったのか、透は後部座席に振り返り、こう言った。

「そういえば、宙太郎。思い出しましたよ。宙太郎が赤っ恥をかいた時のこと」

「ああ、俺がまだ透ちゃんが女の子だと思ってた時に『好き』って言っちゃったアレね」

「違います。覚えてないのは宙太郎の方ですよ。あの時、泣きながら何て言ったと思います？」

「え、『好き』じゃないの？」

きょとんとした顔を、バックミラー越しに透は見つめた。

「『透ちゃんと結婚したい』って、言ったんですよ」

「……まじ？」

「まじです。しかもその時、きっぱり断りましたから。既に失敗してるんですよ」

透曰く、二人が会ったのは正月の三が日で、家に帰る際に寂しくなってしまった幼い頃の宙太郎は、『結婚』をすればずっと一緒にいられると思い付いたらしい。泣きながら手を握って離さない彼を、幼い透は「大好きな人としか結婚しないから」と断ってしまったのだとか。

「小さい頃からプレイボーイでしたよ。宙太郎は」

「うわあ、すんごい恥ずかしくなってきた……布団に入ったら思い出して眠れないかもしれないっすね……」

宙太郎が項垂《うなだ》れると、前の座席から噴き出すような笑いが漏れる。バックミラーには頭を抱えている彼の様子がありありと映っていた。

カルテ6　血煙のぬいぐるみ

仕事が早番だった英秋は、いつものように『ぬいぐるみクリニック』に足を運ぶことにした。

店に辿り着くと、まだ営業時間のはずなのにシャッターは閉まっていた。店の中に透がいないことを悟った秋は裏手に回っていく。透の住む部屋に繋がる外階段を上り、扉についた呼び鈴を鳴らすが返事はなかった。

寒空の下で待つのにも限界がある。こんな時間なのにもう寝ているのだろうかと、秋は合い鍵を使い部屋の扉を開けて入っていく。しかし、部屋にも彼の姿はなかった。

携帯に電話を掛けてみると、数秒後には『ただいま電話に出ることができません』という音声が流れてきた。

「……あいつ、本当に現代人なのか？」

きっと電源を入れていないか、普段使いをしていないから充電が切れたまま放置している可能性がある。せっかく携帯電話を持たせたのに、これでは携帯していないのと一緒である。ため息を吐くしかなかった。

透の行方が気になるが、きっといつものように買い物に出掛けているのだろうと、秋は楽観視することにする。

しかし、実際にはとんでもない状況に彼は置かれていて……。

――それは、その日の午前中に遡《さかのぼ》る。

透は『ぬいぐるみクリニック』を開く前に、普段の業務に使う道具の買い出しに駅前にやってきていた。

駅前の通りにある手芸用品店や百貨店を周り、買い物を全て終えた透は『ぬいぐるみクリニック』に戻る道を歩きながら「そうだっ」と手を叩いた。

「せっかく駅まで来たんだし、お昼御飯食べて帰りましょう」

お気に入りのカフェに足を運ぼうと、透は人気の少ない路地を歩いていく。

鼻歌を歌いながら歩いていると、黒塗りの高級車が目の前にゆっくりと停車した。日差しを浴びて艶《つや》やかに光る車のドアが勢い良く開くと、大きな体躯《たいく》の男が降りてくる。

黒いスーツを纏い、飴色のレンズのサングラスを掛けている、俗世間から外れた風体だった。

お腹が空いていた透は特に気にせず通り過ぎようとすると、男が目の前に立ち塞がった。

その身体の大きさで道を塞がれると、先には進めそうにない。沈黙している男から巨大な圧を感じた透は、自分に訪れているイレギュラーな事態にようやく気付いたのだ。

「……えっと、ぼくに何か御用ですか？」

恐らく一〇センチ以上身長差があるであろう男を見上げるように、透は小首を傾げて言った。

じろりとこちらを眺める男の飴色のレンズは光っていて、透は思わず息を呑む。男の素性は分からないが、得体の知れない人間ではあることは明らかだった。

しかし、唐突に男は力強く頭を下げた。

「綿貫透さん、貴方にお願いがあります！」

その声は駅前の通りにまで届いてしまいそうなボリュームで、透の身体が揺れてしまう程だった。男は場に相応しくない声量を出したことに気付いたのか、「すみません、声がでかくて」と、声が大きいまま慌てて謝った。

図体のでかい男が謝る様子がなんだか微笑ましく感じた透は、表情を和らげながらこう尋ねた。

「えっと、それで、ぼくにお願いっていうのは……？」

自分の名前をどうして知っているのかをまずは尋ねるべきだが、不用心な性格から透は警戒を既に解いてしまっていた。

「ここでは聞こえてしまいますので……よろしければ御同乗願えませんでしょうか？」

男は自分が乗ってきた車を視線で示す。それは明らかに危険な誘いなのが、迂闊な透でも分かった。しかしそんな心の内が読まれたのか、再び男は綺麗な角度で腰を折った。

「悪いようにはしませんのでっ！」

その声の大きさだと、確かに周りに聞こえてしまうかもしれない。

男は黙って頭を下げたままで、透は柔らかい髪を触りながら困ったように笑みを作る。

「悪いようにしないなら……」

結局のところ、助けを求めている人を放っておけない質《たち》の透は、初対面の得体の知れない男の車に乗ることを承諾してしまうのだった。

後部座席に透が乗り込むと、男は静かにアクセルを踏み込んだ。

車は音を立てながらゆっくりと動いていく。その運転はとても丁寧で、いつも乗っている車とは大違いだと思った。

男は黙々と運転をしていると、フロントウインドウから広がる景色は駅前から住宅街に移ろいでいく。そして信号待ちになると、どこに向かうのか透が尋ねる前に男が口を開いた。

「御同乗頂きありがとうございます。私は安藤組《あんどうぐみ》の、与田《よだ》と申します」

「安藤組、ですか……」

「ええ。極道です」

あまりにもあっさり言うものだから、透は唖然としてしまう。

「それはさすがに分かるんですけど、そんな方がぼくに何の用が……」

「あなたの噂を聞いて、色々と調べさせて貰いました。綿貫透さん。二十六歳。武蔵山駅から徒歩一〇分の場所にある、ぬいぐるみ専門のクリーニング店『ぬいぐるみクリニック』のオーナー。経歴は日野原小学校を卒業して……そして家族構成は………」

独自の情報網があるのだろう。与田から語られた情報は感心してしまう程に正確で、透は頷くことしかできない。

「すみません、つらつらと調べたことを語ってしまって。本題はですね……」

信号が青に切り替わり車が発進していく。そのタイミングで与田は透を車に乗せた訳を打ち明けた。

「今のうちの組には、綿貫さんが必要なんです」

「……ぼくが？　どういうことですか？」

「詳しくは、車を降りた先で」

車窓からは重苦しい雰囲気を放つ豪邸が目に入る。それは『安藤組』の屋敷だった。

「あれれ、秋サンじゃないすか」

呼び鈴が鳴って扉を開けると、透の従兄弟であり雑貨バイヤーの鶴宙太郎が立っていた。金髪で強い色彩の柄シャツを着た、軽率さを身に纏ったような風貌の若者である。

「この家に何の用だ」

「いやいや、あなたの家じゃないでしょうに。透ちゃんが好きな和菓子を見つけたから買ってきたんすよ」

宙太郎は呆れながら和菓子屋の紙袋を掲げると、くたくたの便所サンダルを脱ごうとする。

「残念。あいつは今ここにはいないぞ」

「えぇー。営業中なのに店にもいないし、どこ行ったんすか」

「消息不明だ。携帯の充電が切れてるらしく、繋がらない」

「もしかして、着信拒否されてるんじゃないすか？」

意地悪く宙太郎が言うと、秋は表情をむっとさせる。

「そんな訳がない。着信拒否の場合、拒否したことを相手に伝えないよう特定のメッセージを発するようキャリア別に決まってるだろ。さっき電話を掛けた時はそのどれにも当てはまらない、通常のメッセージだった」

「本気で言った訳じゃないっすよ……あれっ」

宙太郎が苦笑しているとスマホの着信音が鳴り、ジーンズの尻ポケットに手を突っこんで引っ張り出した。

「透からか？」

「あー、俺のダチからっすね」

興味を失った秋は、和菓子の紙袋を携え部屋の奥に歩いてく。

ソファに腰を下ろしテーブルに紙袋を置くと、玄関口で交わされている電話の内容が筒抜けだった。聞こえてくる大声にため息を吐きながら、秋は袋から和菓子の入った木箱を取り出していく。

宙太郎が買ってきた和菓子は東京ではあまり入荷されない塩羊羹《ようかん》だった。封を解くと光沢のある美しい羊羹が姿を現する。秋はこれから味わう逸品にわくわくしながら、木箱の上蓋を使い中身を切り分けていった。

宙太郎の電話はまだ続いていて、他愛のない話をしているものだと秋は思っていた。

「えっ、その話って本当っすか？」

聞こえてきたのは困惑の混じった声だった。

一体何があったのだろう。秋は玄関へ目を遣った。

先程の大きな声とは一転して、声を潜ませながら宙太郎は通話を続けている。心なしか秋の方を気にしているようにも見えた。少しして通話を終えた宙太郎は玄関を上がり、顔に汗を浮かべながら恐る恐る口を開いた。

「あの、驚かないでくださいよ」

「どうして俺が。何か関係がある話なのか？」

そう返すと、言い辛そうに宙太郎は頭を掻いた。

「俺のダチが、透ちゃんがヤクザっぽい男の車に乗ってるところを見たって……」

「……は？」

ソファから秋が立ち上がると、切り分けた羊羹は横倒れになっていった。

一方透は『安藤組』の屋敷に到着した。三和土《たたき》に上がると、玄関には値が張りそうな日本画が飾られ、色とりどりの花が生けられた巨大な壺が置かれていたりと、『いかにもそれっぽい映画に出てきそう』な和の趣《おもむき》が詰まっていた。

「素敵なお宅ですねえ」

透はそう呟くが、屋敷の中を先導する与田から言葉は返ってこない。車の中と違って迂闊に口を開けない空間なのだろう。

足を進めていくと板張りの床が軋《きし》む音が響く。長い長い廊下には、しんと静寂が漂っていた。こんなに広いのに誰もいないのかと透が思っていると、前を歩く与田がこう言った。

「秘密裏の話になるので、しばらくの間、組員達には出払って貰ってます」

「そうなんですか……」

いつになれば本題を教えてくれるのかと思っていると、奥の間に辿り着き与田は襖《ふすま》の前で膝を突いた。

「親父、綿貫さんをお連れしました」

「……入れ」

強い圧を感じさせる声が響き、透は息を呑む。

重々しく襖が開くと、家紋の前に日本刀が飾られた巨大な神棚が目に入り、その下に和服を纏った男が鎮座していた。その男こそが安藤組の長である。彼は閉じていた瞼をゆっくりと開いた。

当然だがごく普通に暮らしてきた透にとって初めて出会う種類の人間である。しかし安藤は透を見ると、険しい顔から小動物を愛でるような朗《ほが》らかなものに一変させた。

「遠路遥々ありがとうございます。安藤純雄《すみお》と申します」

「初めまして、綿貫透です」

「親父。他の奴等には大切な話をするから出て行くように伝えてあります」

「馬鹿かお前。そんな言い方じゃ逆に気にするだろうが、もっとましな言い訳考えろやっ」

「すいませんっ……」

般若《はんにゃ》のような顔で安藤は一喝すると、透を見て再び朗らかな顔に表情を変える。その切り替わりが透に却って恐怖を与えていることは知る由もない。

「それで、ぼくが御力になれるお話というのは？」

透が恐る恐る尋ねると、安藤はにこりとした表情のまま、ゆっくりと立ち上がった。

「これは誰にも内緒にして欲しいのですが……」

そう言いながら背後にある神棚にそっと手を伸ばし、透はごくりと息を呑む。安藤が摑んだのは日本刀だった。

「組対五課に連絡するしかないか」

「大げさっすよ。まだ拉致誘拐と決まった訳じゃないのに。ダチが見間違えただけかもしれないいんすから」

「この地域には安藤組っていう小さな組がある。可能性はなくはないだろ」

「それなら先に透ちゃんに連絡してみたらどうっすか？　繋がるようになってるかもしんないし」

「まあ、そうだな……」

秋が携帯を取り出すと、透の連絡先が表示された画面をタップする。

明らかに動揺している彼の姿を初めて見た宙太郎は、落ち着きを取り戻したことにほっと安堵した。

それにしても。透が見知らぬ人間の車に乗っていた理由は何なのだろう。宙太郎の知る限り、透の付き合いの中に友人が言っていたような種類の人間はいないはずだった。

すると、電話が繋がったのか、秋は宙太郎に目配せする。

「もしもし、俺だ」

『秋くん、どうしたんですか？』

通話が繋がった際にスピーカーモードに切り換えたため、宙太郎にも二人の会話が聞き取れた。

「どうしたも何も、まだ営業してる時間だろ」

『あ、そういえばそうでした』

「今、お前はどこにいるんだ？」

『えーと……』

「言えない理由でもあるのか？」

まるで夜遊びをする娘を心配する父親のようだと、側で聞いていた宙太郎は思った。

『なんでいちいち秋くんに言わないといけないんですか？　とにかく今日はすぐ帰るんで、お家で待ってて下さい』

そうスピーカーから聞こえると、通話は切れてしまう。

「透ちゃん、心配なさそうっすね」

しかし秋は電話から違和感を感知したのか、顎に手を当てぶつぶつと思案していた。

「今の通話、とてもクリアな音質だった。屋内の静かな場所にいるってことか？」

そう考え込んでいる様子を見て、弱みを見つけたとばかりに宙太郎はほくそ笑む。透の無事は分かったからか、「じゃ、ダチと遊び行くんでこれでー」とそのまま家を出て行ってしまった。

「今から開けても誰も来ないでしょうし、今日はもう店を閉めることにしました」

それからしばらくすると、買い物袋をぶら下げた透が帰宅してきた。

「というか宙太郎が来てたんですねえ」

「ああ、お前に土産があるって持ってきたんだ」

「お土産っ？　あ、ぼくが食べたいと思ってた塩羊羹だ」

朗らかに紙袋の中身を確認する様子はおやつに喜ぶ子犬のようで、いつもと変わらないように秋には思えた。

「秋くん、量が半分ぐらい減ってませんか」

「不可抗力だろ。待ってたら小腹が空いたんだから」

「しょうがないなあ。そう思って晩御飯のお総菜を買ってきたんですよ。デパ地下で値下げしてたんです。ほら、サツマイモのレモン煮に、海老フライに、ポン酢ジュレ温しゃぶに……」

買い物袋から値下げのシールが貼られた総菜を取り出していくと、袋の中身を覗いた秋はこう尋ねた。

「買い出しに行ってたのか」

「ええ。買い物帰りに駅で友達とばったり会ったから、しばらくお茶してたんですよ」

「ふうん、そうか」

疑いの目を向けられていると感じたのか、透は不満そうに眼を細めた。

「ぼくだって秋くんの知らない友達ぐらいいますよ」

「確かにさっきの電話の感じだと、外ではないみたいだったが」

「あのう。保護者みたいで気持ち悪いんですけど」

「悪い。仕事柄、そういう癖が出ちゃうんだって」

明らかに嫌そうな顔をされて、秋は取り繕うように弁解する。

透の身に何か危害があった訳ではないし、あまりしつこく詮索《せんさく》すべきではないだろう。

今日の行動についてそれ以上は追及しなかった。

炊いた御飯と温め直した総菜が食卓に並ぶと、二人は手を合わす。温まった食卓の匂いは不機嫌な表情を忘れさせ、テレビを流しながらいつものように他愛のない話を味わっていた。

食事を終えた透が席を外すと、秋の携帯が鳴る。その相手は宙太郎だった。

先日の結婚式の後にスマホを契約し、透と秋に連絡先を教えていたのだ。

「どうした。透に用なら代わるけど」

『あの、透ちゃんには聞こえないように通話してもらってもいいすかね？』

何か厄介な問題が起きたのだろう。電話口から漏れる押し殺した声に秋は眉根をひそめた。

「今ちょうど席を外してるが、どういう用件だ？」

秋がそう返すと、宙太郎は大事な話をするかのように咳払いをする。

『落ち着いて聞いて下さいよ。さっき電話をくれたダチから直接聞いたんすけど……透ちゃんが乗った車はやっぱり安藤組のものだったみたいっす。車から降りてきたのが透ちゃんだったたって』

「それは本当か？」

『ええ。いつもの如くにこにこしていたみたいだったので、更によく分からないんすけど……』

「他には何も聞いてないのか？」

『そうっすねえ……』

するると、透が戻ってきたのが目に入り「また掛け直す」と通話を切った。

不思議そうに見つめる視線に気付き、秋が咄嗟に携帯を鞄に仕舞うと、透は意地悪い笑顔を作る。

「別に続けててもいいのに。もしかして聞かれたくない内容だったんですか？」

「いや、友人からだよ」

「なーんだ」

つまらなそうに透は食器を台所に運んでいく。

「おい、俺が運ぶけど」

「今日は秋くんに長い時間お留守番させちゃったので」

「子供みたいな言い方をするな」

秋が不満を漏らすと、透の笑い声がその後に続いた。

いつものような屈託のないずっと聞いていたい笑い声。それを見知らぬ怪しい人間に向けていたことが、秋の心のどこかに引っ掛かっていた。

……どうして透はヤクザの車に乗っていたのだろう。そして友達に会っていたとどうして嘘をついたのだろう。その二つが結びつくような納得のできる理由が秋には思い浮かばなかった。

「さっきから何か聞きたそうな顔をしてません？」

シンクの上に食器を置いた透は、振り返ってそう言った。

「お前、さっき俺に嘘ついたろう」

我慢するのは元々得意ではない。仲の良い相手には尚更だった。秋は透に直接尋ねることにした。

もし何かトラブルに巻き込まれていたとしたら……そう考えたら些細なことでも見過ごすことはできない。それは自分の職業とは関係なく、目の前にいる相手を思ってこその行動だった。

「……嘘って？」

そう聞き返す透の表情が一瞬だけ強ばったように見えた。何か隠していることがあると、秋は確信に近い気付きを得た。

「さっきのは宙太郎からの電話だ。お前が怪しい車から降りるのを見たって言ってたぞ。友達と過ごしてたんじゃなかったのか？　どうして隠してた？　お前、何か変なことに巻き込まれてるんじゃないか？」

そう矢継ぎ早に尋ねると、透は背を向けてしまった。そのせいで秋には表情が読み取れない。

「嘘ついてたの、秋くんじゃないですか。さっき友人からの電話って言ってたじゃないですか」

声の調子にはいつものような柔らかさに、少しだけ冷たさが混じっている。

「一応宙太郎は友人に分類されると思うが……」

「見間違いだと思いますよ。確かに証拠はないですけど、ぼくはちゃんと友達と過ごしてました」

「だが、宙太郎の話だと実際に見たって奴が……」

「そっか。秋くんはぼくのことを信じてくれないんですね」

透は素っ気なく言うと、シンクに水を流し皿を洗い始めた。シンクに乱暴に跳ね返る水の音が、これ以上は話したくないと意思表示をしているようだった。

その日は気まずい空気がいたたまれなくなり、秋は家に帰ることにした。


空に浮かぶ月を見上げながら、秋は家に向かって歩いていく。欠けた月は今にも雲に覆われそうだった。秋の自宅マンションは『ぬいぐるみクリニック』からは駅を越えた向こうにある。

足取りはとても重く家になかなか辿り着かない。終いには秋の足は家には向かわず、その近くにある小さな公園に踏み込んでいった。一人で考えたい時はいつもこの公園に立ち寄ることにしていた。

　缶コーヒーを買ってベンチに座ると、手元の温みにはっとなる。今日は夜でもホットを飲んだら汗ばみそうな気温で、長い息を吐く。

　すると、ベンチの下から黒猫が顔を出し秋の足元に擦り寄ってくる。この辺りでよく見かける野良猫だった。その喉を優しく撫でるとゴロゴロと気持ち良さそうに喉を鳴らす。気を紛らすように黒猫と戯れた後、秋は自宅マンションに戻ることにした。

　マンションのエントランスに入る直前、電話が鳴る。掛けてきたのはまたしても宙太郎だった。

　先程の通話が途切れてしまったことを思い出した秋は、通話ボタンを押した。

『あ、今電話大丈夫っすか？』

「ああ、ちょうど自宅に着いたところだ」

『秋サン、なんか元気なさそうなんですけど？』

　その通りなのだが、聞いてないことにして秋は話を続ける。

「さっき車のことを話したが、透は頑なに友達と過ごしていたと言って聞かなかった」

『あのう、そのことなんすけど……』

電話口からばつが悪そうな声が漏れ、「どうした？」と秋は聞き返した。

『……俺のダチが透ちゃんを見たって話なんすけど、どうやら勘違いだったみたいなんです。お騒がせして申し訳なかったっす』

「……は？」

思いもよらぬ報告をされ、秋は大きな声で返してしまった。詳しく聞いたところ、つまりは宙太郎の友人はまったくの別人を透だと思っていたらしく、宙太郎が透の写真を見せた際にそのことが発覚したのだとか。

全てを理解した秋は、軽い返事をして電話を切る。友人がトラブルに巻き込まれていないことに、ほっと安堵したせいだった。

エントランスのドアが開くと、秋は踏み込む前に足をぴたりと止める。

抱いた不安が勘違いだったと分かったのは良いものの、そのせいで生まれた二人の気まずさを払拭するにはどうすればいいのだろうか。怒らせた時とは違ってあまり対処したことのない種類の歪《ゆが》みだった。新たな悩みが秋の身体をずしりと重くさせ、肺の底から息を吐いた。

「秋サン、あっさり信じちゃったみたいっすけど」

宙太郎は電話を切ると、透の方を振り返る。

「ありがとうっ、宙太郎」

手を合わせた透はにこにこと笑顔を作った。

気まずい空気が居たたまれなくなった秋が帰宅した後、透は宙太郎に即座に連絡をし、家に来て貰っていた。

「秋くんが嗅ぎ回り始めてすごく焦ったんですよ。警察沙汰になったら大変だし。だから話を合わせて貰って助かりました」

「まあ御礼はいいとして。俺にはちゃんと教えてよ。なんでヤクザの車に乗ってたの？」

興味津々な顔で尋ねられ、透は言い辛そうに苦笑する。

「それはですねえ、いろいろと事情がありまして……」

そして与田に連れられ、安藤組の屋敷に訪れたことを宙太郎に話し始めた。

――それは、安藤組の長、安藤純雄の部屋で起きたことだった。

「これは誰にも内緒にして欲しいのですが……」

安藤は落ち着いた声でそう言うと、微笑みながら透を見る。そして背後に飾られていた刀の柄に手を伸ばした。

何が何だか分からず、透は息を呑むしかない。

すると、安藤が刀の柄を摑んだ瞬間、鍵を開けたような異音が響いた。そして安藤が背後に飾られていた大きな神棚を横に動かすと、その奥に別部屋に続く扉が現れたのだ。

その扉は余り大きくはない。安藤が扉を開けると小さな部屋の全貌が目に入り、透は驚いた。

「恥ずかしながら、私にはこういう趣味がありまして」

俯き視線を逸らしながら安藤は言う。

しかし透は激しく肯定するように声を張り上げた。

「素敵な趣味だと思います！」

その瞳はきらきらと輝いている。

小部屋に飾られていたのは大量のぬいぐるみだったのだ。

そして同時に組員に内緒でここに呼ばれた理由を透は理解する。

「普段は血腥《なまぐさ》い世界にいるものですから、こっそりとこの部屋を覗くだけで心が癒されるんです。そんな姿は部下の誰にも見せられないですけどね」

気恥ずかしそうに安藤は苦笑した。

「安藤さん。中を覗かせて貰っても良いでしょうか？」

「ええ、もちろん」

透が部屋に入って行くと、木製のラックにキャラクターもののぬいぐるみや、年季の入ったテディベアなど、多種多様なぬいぐるみが所狭しと並んでいた。

しかし手入れは行き届いていないのか、ぬいぐるみの表面にある汚れや劣化が目立っている。

「綿貫さんをここにお呼びだてしたのは、ぬいるぐみ達を治療して頂きたかったからなんです。私はこういう身分ですから、直接お店に伺うのも難しく……」

「治療するとなると、この子達の全員をクリニックに運ぶのは大変なので、こちらにぼくが道具を運んで治療する方が楽そうですね」

「……お願いしてもよろしいでしょうか？」

安藤が苦しそうに頭を下げると、透は優しく微笑んだ。

「問題ありませんよ。出張診療もよくやりますから。ぬいぐるみを大切にする心をぼくは決して無下にはしません」

そう言うと、翳っていた安藤の顔が明るくなった。側にいた与田が驚いていたのは、普段見せない顔を目にしてしまったからだろう。

透が与田の電話番号を登録しようと携帯の電源を入れると、すぐさま着信が入った。

電話に出ると、その相手は秋だった。

『もしもし、俺だ』

「秋くん、どうしたんですか？」

『どうしたも何も、まだ営業してる時間だろ』

「あ、そういえばそうでした」

『今、お前はどこにいるんだ？』

「えーと……」

透が言い淀んでしまったのは、今いる場所が分かったら、職業的にも秋は血相を変えてやってきそうだと思ってしまったからだ。事情を説明するにしても安藤達に聞かれたらまた話が拗《こじ》れそうで、これから行うことは今は伝えない方が賢明だろうと透は判断した。

『言えない理由でもあるのか？』

秋の言う通りなのだが、何故だか透にはその発言にカチンと来てしまった。

「なんでいちいち秋くんに言わないといけないんですか？　とにかく今日はすぐ帰るんで、お家で待ってて下さい」

勢いで電話を切った透は、与田と目が合ってしまった。

「今の電話は……ご家族ですか？」

「違います」

苦笑しながら透は否定する。

しかし、疑いを持たれてしまった以上、誤魔化し続けるのは難しいだろう。

実際に秋と囲んだ食卓で透はアリバイを追及されてしまった。まさか宙太郎の友達に『与田の車に乗っている』ところを目撃されているとは思わず、透は怒ったフリをしてその場を乗り切ることにした。怒ってまで嘘を突き通すことは少し心苦しかったが、それでも正直に話すよりは面倒ごとは少ないはずだった。


「ということがありまして……秋くんには黙っていて欲しいんです」

透が事の経緯を説明し終えると、宙太郎は楽しそうに笑って見せた。

「なるほど。ぬいぐるみが絡んでいた訳かあ」

「来週の日中に安藤さんのお宅に伺うので、その日までは秋くんには隠し通したいんです」

「つまり、来週いっぱいは仲直りできないってことね」

「そうなんです。なので何か聞かれても知らないフリをしてください」

「うーん。秋サンなんか落ち込んでたし、これ以上嗅ぎ回ったりとかしないと思うけどね……」

「……なんでそんなに嬉しそうなの？」

「秋くん、落ち込んでたんですか？」

にこやかに笑っている姿に宙太郎は疑問を呈る。

「いえ。面白いから放っておきましょう」

どうして面白さを感じているのか、宙太郎にはまったく理解ができなかった。


「この度はどうもありがとうございました」

ぬいぐるみの治療が全て終了し、安藤は深く頭を下げる。

定休日を使って透は安藤の家に出張診療にやってきていた。施術に使う大量の道具は店から与田が車を出してくれることになり、なんとか運ぶことができた。

染みがついているぬいぐるみは風呂場を借りて手洗いをし、萎んでしまったボディには新しい綿を入れて元気な姿を取り戻した。目やボタンが取れたぬいぐるみには、透の持っているパーツからそっくりなものを見つけ、縫い付ける治療を施した。

治療を終えたぬいぐるみ達は、安藤の小部屋の定位置に戻りファンシーな存在感を示している。

その小部屋を安藤は感慨深そうにしばらく眺めていると、透が側にいることを思い出し、誤魔化すように苦笑した。

「『ぬいぐるみ』と出会って好きになった時を思い出しました。この歳で好きなままなのもお恥ずかしい限りですが、あの時の姿に彼らが戻ったことに本当に驚きまして……さすがですね」

「いいえ。こちらこそ御力になれて光栄です。それに、ぬいぐるみを好きなことに年齢は関係ありません。海外では成人男性が子供の頃のぬいぐるみを今も大事に持っているのは普通だったりしますから」

透はそう微笑むと、安藤が視線を落としたままなことが気になった。

「安藤さん？」

「すみません。私だけが大人になってしまったんだなあって、感傷的になってしまいました。小さな頃は同じ大きさだったぬいぐるみも、今じゃ全然変わってしまって。彼らにちょっと置いていかれたような感じがしまして……」

言葉に詰まったように安藤は黙ってしまう。その様子を見た透は小部屋の中に入っていき、ぬいぐるみを一つ取り出した。それは色褪せていた肌を新品の物に取り替えた、恐竜だった。

「彼らはどこにも行きませんよ。付かず離れずな家族や友達と一緒で、深い愛情がある限り、ずっと側にいてくれます」

「……そうですよね」

透の屈託の無い笑顔を受け取るように、安藤の表情も和らいだ。

一度に大量のぬいぐるみの治療を行ったからか、次の日は疲労感に包まれたように身体が重くなっていた。早めに店を閉じた透はソファで身体を休めていると、呼び鈴が鳴った。

その相手が誰なのかを確認した透は扉を開けた。黙って立っている相手より先に、透は声を掛ける。

「秋くん、仕事帰りですか？」

「ああ、今日は早く上がれたんだ」

目を合わせないまま秋が言うと、透は踵《きびす》を返し部屋の奥に歩いていく。

透の後を付いていくように秋は靴を脱ぎ上がっていった。

「そうだ、これ」

秋は洋菓子店の紙袋を差し出した。受け取った透はその銘柄を見て感嘆の声を漏らす。

「この辺りにないお店ですよね？」

「偶然近くに寄れたんだ、フルーツタルトが名物だって」

「苺のタルトとチーズフロマージュ……！」

紙袋の中身を机に並べると、綺麗な三角形のタルトに透は目を輝かせる。

「お前の羊羹を先に食べてしまったお詫びってことで」

「そうだ。ちょうど紅茶を貰ったんですよ。それと一緒に食べましょう」

安藤から貰った紅茶を淹れるために透は浮き立つように歩いていく。秋はその姿を見て安堵するように秘かに笑った。

テーブルに紅茶とフルーツタルトが並ぶと透は手を合わせる。ストレートの紅茶を口に運んだ秋は、唐突な話題を口にした。

「そういえば、昨日の話なんだが」

そう言われ透はゆっくりと背筋を伸ばす。昨日は透が安藤の屋敷に出向いていた日だった。

「……何かあったんですか？」

「出掛けようとしたら、宙太郎に一日買い物に付き合わされた」

「へえ、珍しいですね。ぼく抜きで二人で出掛けるなんて」

透は紅茶の湯気を収めるように吐息を吹きかける。

「その時に見つけた洋菓子店なんだよ」

「なるほど。宙太郎には感謝しないとですね」

「いやいや、せっかくの休日があいつのせいで台無しだ」

迷惑そうな顔でチーズフロマージュを食べる秋を見て、透はにこりと笑う。

そして秋の休日を台無しにしてくれた宙太郎に感謝をしながらティーカップを口に傾けるのだった。

カルテ7　ぬいぐるみ緊急外来！

「なるほど。『ぬいぐるみクリニックレポート』ですか」

「まだ仮タイトルなんですけど。評判が良かったら連載になる可能性もあります」

クリニックにやってきていたのは、以前取材に訪れたルポライターの明地創だった。

明地は取材の際に娘のぬいぐるみを治療して貰ったことで、壊れかけていた家族の仲を取り戻していた。

明地が店に訪れたのは取材記事を透に見て貰うためだ。プリントアウトされた『ぬいぐるみクリニックレポート』には今までの患者について取材した文章や実際に施術したぬいぐるみの写真が掲載されている。

「あっ、莉緒ちゃんのぬいぐるみの写真がありますね。最近のことなのに、写真になるとどこか懐かしく感じます」

治療を終えて綺麗になったぬいぐるみの写真を見て、透は頬を緩ませる。

しかし記事を眺めている内に何かに気付いたのか、とある写真を示して明地に尋ねた。

「あの、ぼくってこんな腑抜けた顔してますか？」

そう言って不満そうに眼を細める。しかし、レポートに載っていた写真は、お店の中で眠そうな顔をしている、今目の前にいる人物と何一つ変わりがないものだ。

「あはは、写真の腕には自信がなくて……ということで今回はカメラマンを連れてきました」

そう言うと、明地は隣に座っていた男を紹介する。

「俺、花尾《はなお》柚樹《ゆずき》と言います。カメラマンをやってます」

そう挨拶したのは、首からカメラを下げた二〇代半ばぐらいに見える明るい印象の青年だった。

「私の知り合いなのですが、以前から『ぬいぐるみクリニック』が気になっていたようなので、撮影を頼んでみたんです」

透は彼のことをじっと見ながら、驚くように尋ねた。

「花尾さん、クリニックのことを前から知ってらしたんですか？」

「ネットで見かけたことがあったんですよ。色んな写真を撮ってみたいなあと思ってて『ぬいぐるみ』に興味を持ったんですけど、まさか明地さんが取材しているとは……

ちょうど良いタイミングでした」

　薄いフレームの眼鏡の奥では細い瞳が瞬きをしている。花尾はカメラマンとしてはまだ駆け出しの身で、普段はインタビューの撮影だけでなく、結婚式のスナップなどを撮影しているのだと透に説明した。

「花尾さん、『ぬいぐるみ』に興味が？」

「俺、よくお土産に『ぬいぐるみ』を買うことがあるんですよね。これを機にじっくり写真を撮りたいと思ってますよ」

「そんな訳で事前にお願いした通りなのですが、花尾くんがこれから綿貫さんの仕事風景を撮影して、その写真を記事に加えたいんです」

　しかし透はそのお願いに対し、意外にも「うーん」と困ったように唸ってしまった。

「……ごめんなさい。今日の夕方に予約のお客様が来るはずだったんですけど、直前で時間が変更になっちゃいまして。せっかく来て頂いたのに、今日は難しいんですよね」

　申し訳なさそうに透は頬に手を添え、伏し目がちになる。

「いえいえ、綿貫さんが謝ることじゃ……依頼されてる方が写真撮影が駄目な可能性もあるし」

「ちょうど良くお客さんが飛び込みでやって来たりとかしないですかねえ……。と言っても、今日はもう店仕舞いなんですけどね」

「花尾くん、また日を改めようか」

頷いた花尾が立ち上がると、二人を見送るために透は店の出入り口に歩いていく。すると、扉から入ってきた誰かにぶつかり声を上げる。

痛そうに鼻先を押さえた透の前に立っていたのは、仕事帰りにクリニックにやってきた秋だった。

「あ、悪い。もう店仕舞いか？」

悪気がなさそうに秋が言うと、鼻に触れたまま透はそっぽを向く。

「その作業の途中でダメージを喰らったところです」

「まだ閉店じゃないならちょうど良かった。お客さんを連れてきた」

「おおっ、すごく良いタイミングですよ！　さすがに今日は治療まではできないですけど良いですよね？」

透は明地にそう尋ねるが、先に口を挟んだのは秋だった。

「いや、治療まで全部をやって欲しい」

「え、治療までですか？」

診療から治療までをその日の内に行うことはしょっちゅうだが、今は閉店間際で、あと数時間で一日が終わろうという時間帯だった。

「……ああ、夜が明けるまでに」

何か深い事情があるのだと、声色から透は悟った。

「しょうがないですね。秋くんの頼みなら」

「いやいや。お前、大丈夫なのか？　すごく眠そうだが」

「そりゃ夜は眠くなりますよ」

「だってお前……」

「えっと、そのお客さんってのは？」

二人の会話を聞いていた明地が口を挟む。先程からその『客』の姿が見えなかったからだ。

明地の問いかけに答えるように、秋はクリニックの外を掌で指し示す。

透達が外に目を向けると、薄暗い場所に立派な車が止まっているのが見えた。ウインドウにはスモークフィルムが貼られていて、誰が乗っているのかはここからは判別がつかない。

秋が車に向かって会釈をすると、小綺麗な運転手が車の扉を開き――客が姿を現した。

車の中からゆっくりと降りてきたのは初老の男性だった。朗らかな表情だが身に纏うスーツからは培《つちか》ってきた厳格さが伝わってくる。明地は思わず身構えてしまった。

「悪いね英くん。急なお願いを聞いて貰って」

男性は店の中に足を踏み入れると、秋にそう声を掛けた。

「いえ、官房長から直々にお願いされたら断る理由がありません」

「……官房長？」

聞き慣れない言葉に花尾が反応してしまうと、秋は冷たい眼差しで彼を捉える。

「警察庁長官官房室長。通称・官房長の草間《くさま》静留《しずる》さんだ」

そして少し緊張気味に草間を透達に紹介した。

「なるほど。刑事ドラマみたいですね」

一般人からは想像し得ない役職に透がそう呟いてしまうと、秋は焦るように肘で強く小突いた。

「おい、ドラマじゃなくて本職でノンフィクションだ。すみません草間さん。この腑抜けが友人の綿貫透です」

その紹介に不満があったのか、透は「腑抜け？」と視線で秋に抗議をしている。

近くでは花尾が明地に耳打ちをされていて、秋と草間が警察関係者であることを知って驚いているのが見て取れた。

「なるほど、君が『ぬいぐるみクリニック』の……今日はよろしくお願いします」

草間は透の手を取ると、包み込むように力強く握った。

椅子に腰を下ろした草間は、秋との関係をこう説明した。

「英くんとは直接の上司ではないのだが、警察学校時代から気にかけている子ではあってね。私は人の才覚を見抜くことには自信があるんです」

「恐縮です」

緊張している様子の秋がおかしいのか、透は小さく微笑みながら草間のティーカップに紅茶を注ぐ。白い湯気が宙に消えていくと、透はカルテを持って草間の前に座った。

「それでは、ご依頼内容を伺ってもよろしいでしょうか？」

そう尋ねると、草間はスーツの胸ポケットからスマートフォンを取り出す。そのロック画面に映っていたのは、育ちの良さそうな小学生ぐらいの少年だった。

「お孫さんですか？」

「いや、再婚した妻との間にできた子ですよ。陽向《ひなた》という名前でして、ぬいぐるみが大好きで、いつもぬいぐるみとベッドを共にしている可愛い子なんです」

息子の写真を見せた瞬間、草間は今まで一番柔らかい表情を見せる。透の隣に座っていた秋は、同じくにこにこしている透にそっと耳打ちした。

「草間さんは子煩悩で有名なんだ」

「なるほど……」

透は草間の視線を感じると、誤魔化すように咳払いをしてから口を開く。

「ええっと、つまりは、ぼくは陽向くんの『ぬいぐるみ』を診療するということでしょうか」

「ええ。綿貫さんにはいきなりで申し訳ないが、一晩で全てをお願いしたい。それほど緊急を要する事態が起きているのです」

「緊急を要する？」

透が首を傾げると同時に、秋は口を開く。

「草間さんがいきなり俺の部署に来て驚きました。あの時は詳しく伺えなかったので、その『緊急を要する事態』というのが何なのか、俺達に教えて貰っても良いですか？」

草間は静かに頷き、重々しく語り始める。

「実は……」

しかし草間は途中で言葉を詰まらせ、目を伏せた。重苦しい雰囲気はその言葉の先を待つのに時間がかかることを予感させる。近くで話を聞いていた明地は固唾《かたず》を呑んで見守るしかない。

紅茶の表面に視線を向けていた草間は、意を決したように顔を上げると、ゆっくりと口を開いた。

「実は明日、陽向は修学旅行の日で……」

「……へ？」

あまりに想定外だったため、透は大きな声でそう返してしまった。

秋と明地も同じ反応で、どう返せば良いのか案じているうちに再び沈黙が流れてしまう。それを察した草間は話をこう続ける。

「いやいや、驚かせて申し訳ない。陽向はぬいぐるみが一緒じゃないと寝付きが悪いんです。修学旅行に持っていくなら皆にも見られるし、ぬいぐるみを綺麗にしたいと頼まれまして」

「なるほど、それで『ぬいぐるみクリニック』に施術を頼んだ訳ですね」

「ええ。陽向は最近までイギリスで過ごしていたので、日本に来てもぬいぐるみを肌身離さず持つ癖が抜けないようです」

「なるほどっ。イギリスではテディベアが出産祝いで贈られることもあるぐらい、ぬいぐるみが身近にあるのが当たり前な国なんですよね。学校にぬいぐるみを持参する男の子も多いと聞きますし、大人になっても大事にする習慣あるみたいで」

「イギリスの学校では子供の心のケアを徹底してますから、ぬいぐるみが家族や友達同然なら、学校に連れて行くことは当たり前に受け入れられます。ただ日本ではそんな習慣はないので、周りに馴染むのには時間が掛かってるみたいですね……では、例のブツをお持ちします」

草間が店の外に目配せすると、立っていた運転手が車から『ぬいぐるみ』を持って店内に現れる。草間達が囲んでいるテーブルの上に五〇センチぐらいはあるぬいぐるみが置かれると、透は言葉を失ってしまった。

最初はイルカだと透は思ったが、茶色い肌から違うものだと推測する。いずれにせよ今の状態でその正体を当てるのは難しそうだった。

というのは、ぬいぐるみからは綿が飛び出し、黄色い口先の塗料が別の部分にまで染みており、目や鼻があったと思われるパーツがなくなった状態だったから。目の前に置かれたぬいぐるみは『ぬいぐるみだったモノ』と言っても良いぐらい、原形を留めていなかった。

「えっと、これは、陽向くんが……？」

「やらかしたのは私ですっ……！」

草間は土下座をするかのように勢い良くテーブルに額をつける。慌てふためいた透達に頭を上げるように言われると、平静を取り戻した草間は苦笑しながら話を再開する。

「可愛い我が子に『ぬいぐるみを綺麗にして』と頼まれ、張り切ってやってみたはいいものの。素人感覚で洗濯に回したせいでこのような惨状になったという訳です……」

「なるほど……。洗濯機で洗う場合は正しく使えばダメージも抑えられるんですけど、まさかここまで駄目にしてしまうとは……」

「いやあ。ぬいぐるみを洗うぐらい簡単だと思っていたら、まさかこんな有様になってしまうとは……」

　頭を抱える草間を見て、一同は苦笑するしかない。

「一時的に新しいモノを買って寝室に置いてみてはいるのだが、このままでは自分のぬいぐるみじゃないと息子に気付かれてしまう……」

「愛着があるものですから、その違いにも敏感なはずですからね」

　透がそう言うと、草間は机を両手で「ばんっ」と叩いた。

「そうなんですっ。修学旅行が始まる朝までに、このぬいぐるみを元に戻さないと我が子が大変なことになってしまう！　お金ならいくらでも払いますのでどうか治療をお願いしたい！」

勢い良く草間が頭を下げると、再び一同は慌てふためく。

ぬいぐるみ好きな息子を想う父親の頼みを、透が断るはずがなかった。

「分かりましたっ。本日限定で『ぬいぐるみクリニック』の深夜営業をいたします。修学旅行は楽しく過ごして欲しいですもんね」

店主はエプロンを結び直すと、草間に優しい笑顔を向けた。


その後、草間は就寝中の息子がいる自宅に帰っていく。治療を終える予定である早朝にまたやって来ることになっていた。

いつものように店のシャッターを閉めると、店内の灯りを消しそうになってしまう。普段なら自室に帰っている時間だが、これから治療があるのが透にはなんだか不思議だった。

しかし深夜営業には一つだけ『問題』があった。

「ごめんなさい。明地さんと花尾まで付き合わせてしまって」

「いやいや。職業を伏せる条件で取材の許可を頂いた訳だし、当然だよ」

「撮影の許可も貰えたので、これから撮影していきますね。良い感じの写真に仕上げますよっ」

花尾はカメラバッグから機材を取りだし、鼻歌交じりにセッティングを始めている。

「まあでも、英さんまで手伝わなくても大丈夫なんじゃないですかね。治療するといってもぬいぐるみは一つだけなんだし」

そう花尾が言うのも無理はない。秋も店に残って透の仕事を手伝うことになっていたからだ。

「花尾くんの言うとおり、人手も足りている状況ですし、私達みたいな仕事と違って朝から仕事があるのなら帰宅した方がいいと思いますよ」

そう明地は秋に勧めるが、秋は当然のようにこう返した。

「いや、あいつが心配なんですよ」

「というのは？」

明地が疑問で返すと、その答えはすぐに形になって現れた。

テーブルの上のティーカップを片付けようとしていた透が、ふわふわとした笑い声を漏らしたのだ。

「心配って。大げさですよ秋くん」

その笑い声はどこか軽すぎるような気がする。まるで酔っ払っているみたいだと、明地が思った時だった。

透の身体が風に攫《さら》われたように、突然ふらりと揺れた。

駆け寄った秋は透の手から滑り落ちたティーカップをキャッチし、制御を失った身体を抱き止めた。

「良かった、中身が入ってなくて」

「ごめんなさい、秋くん……ふわあ」

秋の腕の中で透は気が抜けたように欠伸をする。

「これは一体……」

何が起こったのか分からない明地に、秋はこう説明した。

「透は眠くなると、稼働率が三〇パーセント以下に落ちてしまうんです」

「いやそんなロボットみたいに……というか、三〇パーセント以下!?」

「ええ。普段が一般的な人間の五〇パーセントぐらいの力で生きてる奴なので、こうなるとほぼ使えない状態になってしまう訳です」

「使えないって、誰がですかあ?」

透はふらふらと足元が覚束ない様子で、秋は肩を摑んで椅子に座らせた。

実際に虚脱したような状態になっている透を見れば、それが嘘でないことは一目瞭然だ。さりげなく友人を馬鹿にしていたようにも明地は感じたが、今はそれどころではない。

椅子に座った透は安定感を得て安堵したのか、こくりこくりと身体を傾かせている。

「おい、言ってる側から寝るな」

眠りの森に入りかけている透を秋は肩を揺さぶり起こした。

このままではまともに治療をすることなどできないだろう。そんな明地の心中を察した秋は「今回、俺達に課せられたミッションは……」と、真剣さが籠もった声で語り始める。

「――腑抜けた透をサポートしながら、草間さんのぬいぐるみの治療を無事に終えることです」

ボロボロになった陽向のぬいぐるみを指差しながら、秋はそう宣言した。

「……では、状況をお復習《さら》いします」

ぬいぐるみクリニックの受付に置かれた小さな黒板に、秋はチョークで綺麗な字を書き込んでいる。

その側では相変わらず店主が私物のぬいぐるみの巨大なラッコを抱き締め、うとうとと微睡《まどろ》んでいる。そのファンシーな光景を花尾は思わず撮影しそうになってしまった。

「現在は二十三時。草間さんの息子、陽向くんの起床時間は七時で、修学旅行の集合場所には八時半に着かなければいけないとのこと。この店から草間さんの家までは三十分弱。集合場所の都内の駅までは一時間。店からの移動時間を計算すると、最低でも朝六時半にはぬいぐるみの治療を終えていないとアウトです」

「作業時間は多く見積もって七時間ですか……」

「ええ。潤沢にある訳ではないですね」

「早速始めますよお」

そう言うと、店主は欠伸をしながら椅子から立ち上がり、奥にある診察室に歩いていく。その頼りない背に花尾は声を掛けた。

「まだ二十三時なのに、そこまで眠たいんですか？」

「はい。昨晩海外ドラマを夜通し見ちゃいまして、今日は早く寝ようと思ってたんですよねえ」

大きく伸びをした透はぼんやりと診察室に入って行く。その中に初めて足を踏み入れた花尾は珍しそうに辺りを見渡しながらシャッターを切っていた。

「では、陽向くんのぬいぐるみの治療を始めましょうか」

透が診察台にラッコのぬいぐるみを載せると、秋からツッコミが入る。

「そのぬいぐるみはお前の私物だろ」

そう突っ込んだ秋は、陽向のぬいぐるみを診察台に置かれたラッコと即座に入れ替えた。

「あっ、そうでした」

「先が思いやられる……」

秋がため息を吐くが、透は気にせず作業を始めようとしている。

すると、大量の缶コーヒーを持った明地が診察室に入ってきた。秋に頼まれ店の外にある自販機に買いに行っていたのだ。

「英さん、買ってきましたけど……」

「ありがとうございます」

明地から缶コーヒーを受け取った秋が、それを眠そうな人間の頬に押しつける。すると、目を覚ましたかのように驚きの声を漏らした。

「飲め。これで眠気を少しでも和らげろ」

「えー。コーヒー苦手なんですよねえ」

「飲め。今のお前に必要なのはカフェインだ。断る選択肢はない」

秋が缶の蓋を開けたコーヒーを有無を言わせず握らせると、口にした透は「うぇ、苦い……」と、舌を出す。

そしてぬいぐるみに触れると、苦々しい表情に慈《いつく》しみが満ちていく。

「――オペを始めましょう。元気な姿になりましょうね」

「まずは何をしていくんですか？」

花村は診察台に置かれたぬいぐるみを撮影しながらそう尋ねる。

「まずは嘴《くちばし》の近くのお肌についた黄色い染みを取り除きます。恐らく嘴の塗料が洗濯したことで染み込んで……」

急に黙ってしまった透は、ゆっくりと身体を前に倒していく。はっとなった秋はその肩を強く叩いた。

「起きろ透っ。説明からこれじゃ先に進まない」

「はっ！　とにかく、一旦この子の綿を抜いて、黄色い染みをなんとかするところから始めましょう」

眠たさによっていつもより動きがスローになっている透をフォローすべく、秋は診察台の引き出しに入っていたソーイングセットを透に渡した。

「ありがとうございます。これでこの子の縫製を解いて……」

ソーイングセットの中からリッパーを取りだした透は、ぬいぐるみの縫い目にその先端を差し込み糸を解いていく。慎重で繊細な手捌きは眠気によるものなのか、明地には判断がつかない。

するど、治療を背後で見守っていた秋が、花尾に声を掛けた。

「花尾さん、でしたっけ。やっぱりこのクリニックは珍しく見えますか？」

「そうですね。こんなにもたくさんぬいぐるみを見ることはあまりないので撮影しがいがありますよ」

カメラを携えながら花尾はバスケットに眠る犬やネズミのぬいぐるみ達を眺めている。

透はぬいぐるみの縫製を解くと、中に入っていた綿を取り出していった。

「お肌の汚れの部分に漂白剤をつけて、色が落ちるか試してみます」

「変色した箇所の写真もばっちし撮ってます。でも、色が落ちなかったらどうするんですか？」

「うーん。その部分だけパッチワークをするか、布そのものを入れ替えるか、それとも……危ない。また寝るところでした」

「はい、コーヒー追加な」

「お腹がたぷたぷになってしまう……」

辛そうに唸りながら透はコーヒーを口にする。

すると、軒先に何かが落ちて弾ける音が響いた。

最初は屋根を伝う猫の足音かと秋は思った。しかし音は止むことはなく店の外に目を向けると、それは突然降り始めた雨だと分かる。小降りだった雨は段々と強くなっていき、夜の静寂はすっかり雨音に埋め尽くされてしまった。

窓を閉めきっても雨音は微かに響いている。その音に耳を傾けながら透は残念そうに言った。

「せっかくの修学旅行なのにかわいそうです」

まるで自分のことのように透はため息を吐く。

「……そういえば、俺達の修学旅行も雨だったな」

気遣うように秋が口を開くと、透は懐かしそうに微笑んだ。

「そうでしたねえ。秋くんが新幹線の切符を落として、皆と同じ電車に乗れなかったりトラブル満載でした」

「いやいや、遅れたのはお前が駅で迷子になったせいだろ。思い出を都合良く捏造《ねつぞう》するんじゃない」

「えぇー、記憶通りだと思いますけど」

「綿貫さん、思い出話はそのぐらいにして、手を動かしましょうか」

咳払いをした明地がそう告げると、二人ははっと顔を見合わす。

その直後だった。部屋の中が突然白く明滅し、続いて重苦しい音が轟いた。

「うわっ、雷ですか？」

「ああ、結構近くみたいだな」

その後も雷は続き、雨の勢いも増していく。

すると、カチカチと鳴っていた蛍光灯が突然ぷつりと途切れた。

診察室の灯りはそれ一つしかなく真っ暗闇になった。咄嗟に透は壁のスイッチを押すが、反応はない。

「もしかしてこれって……」

「停電!?」

透が慌てふためいていると、冷静にスマホのライトを点けた秋が、暗闇をぴかっと照らした。

「確か引き出しの中に懐中電灯があったような……あれっ、どこ行ったかな」

「俺、撮影用のバッテリーライト持ってます」

懐中電灯を透が見つけられないでいると、花尾はカメラバッグから電池式の小型ライトを取り出した。そのライトは手元を照らすには充分な光量を持っていた。

「花尾さんっ、ありがとうございますっ」

しかし、ライトで照らしたところで手元の動きは明瞭になるが、明るすぎることでぬいぐるみの布の正しい色が判別しづらくなってしまう。作業をするには難しい環境だった。

「……万事休すですね」

「電気が復旧するには少なくとも一時間弱はかかるだろうな」

「それに、部屋が良い感じに暗いせいで眠たくなってきました」

大きな欠伸すると、コーヒーが更に一本追加になった。

手元を照らされながら、透は漂白剤を染みこませたタオルをぬいぐるみの染みに丁寧に押しつけている。暗闇に目が慣れたことで、染みが段々と薄れていくのが分かってきた。

その間に明地は透の指示で洗い桶にお湯を張っていた。透は御礼を言いながら染みが薄れたぬいぐるみを洗い桶に浸すと、ゆっくりと手洗いをしていく。

「目のパーツがとれてしまったので、乾かしてから改めてつけ直さないとですね。痛々しい姿でかわいそうです」

「だけど停電中だし乾かす手段がないですよね……」

「うーん、そうなんですよねえ」

花尾のその言葉に、ため息を吐くように透は嘆いた。

「透、落胆してる場合じゃない。時間も少ないし、今の内にできることはやっておくべきだ。その次の工程は？」

「あと数十分浸け置きしたら、ぬいぐるみをタオルで丁寧に包んでから洗濯機で脱水したいんですけど。洗濯機が動かないとなあ……」

すると、眠たい様子ではないのに透は言葉を詰まらせる。顎に手を当てながらそわそわと落ち着かないようだった。

「どうした透？」

先程からその様子に気付いていた秋がそう言うと、透は睨むように秋を見る。その瞳には不満が込められていた。

「……今のうちにトイレに行ってきますっ」

そう宣言して透は部屋から出て行ってしまう。明らかにコーヒーの飲み過ぎが原因で、明地は苦笑するしかない。

そして一〇分程経過するが、透はトイレからまだ戻ってこない。そろそろ脱水の工程に移らなければならなかった。

戻って来ない透の様子を見るために、秋はトイレに向かった。

「おい透、大丈夫か？」

扉に呼びかけるが返答がない。

トイレの中は真っ暗だが、鍵が掛かっていることから透がいるのは明白だった。ノックしても反応がなく、電話を掛けてみようかと秋が試みていると、静かな寝息が扉の奥から聞こえてきた。

「トイレで寝てる……!?　おい、寝てる場合じゃないっ」

再び扉をノックし起こそうとしていると、ぱちぱちと蛍光灯が突然鳴った。

どうやら停電が復旧したようだった。

家の中が蘇った灯りに眩く照らされていくと、「うわっ！」と驚く声がトイレの奥から響いた。

洗濯機が音を立ててぬいぐるみを脱水している。

そのリズムに透はうとうとと微睡んでいた。尚も眠気が収まる様子がないことに秋は嘆息していると、明地がこう尋ねた。

「英さん。仕事柄聞きたくなってしまったんですけど、質問しても良いですか？」

「どうぞ、俺なんかで良ければ」

「これはクリニック周りの取材の一環というより、個人的な興味なのですが……どうして今のお仕事をされてるんですか？　身近に警察で働く人ってあまりいないので……」

「ああ、そうですね……」

秋は微睡んだままの透を見遣ると、ゆっくりと口を開く。

「警察官になろうと思ったのはごく真っ当な理由です。元々俺は捜査の最前線にいるような部署にいました。その時は家に帰る時間なんて殆どなかったですね。血腥い事件ばかりで今みたいな平和な日常とはまったく違う。今の部署に移れて良かったです」

草間のような警察の上層部にいる人間に気に入られているのだから、その発言に嘘はないのだと、話に耳を傾けていた花尾は思う。だからこそどうして出世コースから今の部署に移ったのか気になってしまい、口を挟んでしまった。

「そんなフィクションみたいな場所から、どうして今の部署にいるんですか？　あー、話しづらいことだったらすみません」

「そんな花尾さんはどうなんですか？　どうしてカメラマンを？」

「俺ですか？　そうですねえ……」

不意打ちのような質問に花尾が動揺していると、脱水を終えた洗濯機が音を鳴らし、話は中断になってしまった。


脱水したぬいぐるみを透は欠伸をしながらドライヤーで乾かしている。

「乾いたら綿を詰めて縫合して、取れちゃったパーツをくっつければ終了です。草間さんにも念のため連絡しておいて貰っていいですか？」

そう秋に言うと、一拍遅れて「分かった」と聞こえて透はほくそ笑んだ。

「秋くんも眠そうじゃないですか」

「お前のとろさが移っただけだ」

ぬいぐるみが乾くと、透は新品の綿を詰めて縫合する。

中身が新しくなったことで先程のくたびれた印象からはまったく違う、新品同様の身体をぬいぐるみは取り戻した。そして取れてしまった目玉のパーツを接着剤でくっつけ、ぬいぐるみの治療が終了した。

元の姿を取り戻したぬいぐるみをじっと見ていた透は、その正体に気付いてふふっと笑った。

「この子はカモノハシですよ。最初はイルカっぽいなーと思ったんですけど、それにしては色も違うし嘴もあるし……。形が綺麗になったことで手足がついてるのも分かりました」

「草間さんが息子さんと水族館に行った話を延々と聞かされたことがある。その時に買ったんじゃないか」

「その可能性が高そうですね」

「すごいですよ綿貫さんっ、最初の姿と全然違う。これが『ぬいぐるみクリニック』の治療ですかっ」

夜通し作業を手伝ったことで高揚しているのか、花尾はそう言いながら綺麗になったぬいぐるみにシャッターを切っている。その様子を見た明地は苦笑するしかない。

すると、診察室の外の暗闇が薄らいでいることに透は気付いた。陽が昇ってきたのか、明るい日差しが店内に少しずつ手を伸ばしている。部屋に置かれた時計の時刻は六時を示していた。

「もうすっかり朝になっちゃいましたね」

透が欠伸をしながら言うと、何かを叩く音が奥から聞こえた。どうやらクリニックの入り口のドアがノックされていたようで、診察室を出るとぬいぐるみを迎えに来た草間の姿が見えた。

ドアのロックを解除した透は、不安そうな草間のもとに歩み寄る。

「草間さん。治療は成功しましたよ」

後ろ手に持っていたカモノハシのぬいぐるみを、笑顔でそっと差し出した。

ぬいぐるみを手に取った草間は、驚きのあまりフリーズするかのように固まってしまう。その出来映えに感心するように草間は息を吐いた。

「これは……素晴らしい。ぬいぐるみが元の姿に戻っている……それだけじゃなくて、綺麗にもなってるなんて」

「これで陽向くんの『お願い』を叶えられましたね」

「ええ、本当にありがとうございました。もう何と言ったら良いか……このままでは息子が修学旅行をきっかけに、またクラスで浮いてしまうんじゃないかって不安になってしまいまして……」

草間は綺麗になったぬいぐるみを見つめながらそう吐露する。

今回の事態の原因は草間にあるが、それは息子を想っての行動だった。

「この子が一緒にいれば大丈夫ですよ。それに、お願いを必死に叶えてくれたパパなら、どんなに大変なことがあっても心配ないって陽向くんは思うんじゃないでしょうか」

その信頼関係があれば、たとえこの先で問題が起きたとしても親子で乗り越えられるだろう。そう感じた透は微笑んだ。

「草間さん、そろそろ息子さんのところへ行った方が良いと思います」

秋がそう言うと、はっと草間は顔を上げた。

「ありがとう……綿貫さん、また改めて御礼をさせて下さい」

深く頭を下げた草間は、ぬいぐるみを抱え車に乗り込んでいく。職場まで送って貰うことになった秋も車に同乗した。

「――御大事に」

穏やかに透はそう呟いた。

草間と秋が乗った車が発進していき、商店街を抜けて見えなくなると、透は背後に立つ明地と花尾に振り返った。

「朝になるまで付き合って頂いて、ありがとうございました」

お辞儀をして顔を上げた透の表情は、今にも眠ってしまいそうなぐらい薄くなっている。そして眠気を覚ますように頬を両手で軽く叩いた。

「さて、ぼくは店の片付けをしてから寝ることにしますね」

「綿貫さん、取材の御礼もあるので手伝いますよ」

「俺も手伝います。今日は夜まで予定ないので」

「良いんですか？　ありがとうございますっ」

透は眠そうな顔をぱっと輝かせると、明地と花尾と笑いながらクリニックの中に入っていった。


朝陽はすっかり顔を出していて、雨で濡れたアスファルトや商店街の町並みが光を反射している。まるで洗い立てのシーツのように輝いていた。

時刻は七時を回っていた。診察室の中は先程片付けが終わり、開店前の綺麗な状態になっている。灯りがない真っ暗な部屋には預けられたたくさんのぬいぐるみが並んでいた。その中には既に治療が終わって持ち主が引き取りに来るのを待っている綺麗なぬいぐるみもいれば、これから治療をするぬいぐるみも混在している。

すると、『ぬいぐるみクリニック』の診察室に外光が差し込んだ。

診察室に入ってきた『誰か』は扉を静かに閉めると、並んでいるぬいぐるみをじっと観察している。そして一つのぬいぐるみの存在に気付き、そっと手を伸ばした。

――その時だった。

「何をしてるんですか、一人で」

振り向くと扉が開いていて、店主である透が立っていた。片付けが終わり眠っていたはずだが、まるでここに誰かが来るのを予期していたかのようなタイミングでそこに現れた。

綺麗な瞳に映る侵入者は驚きで口を閉ざしている。

「もう一度お尋ねします――」

毅然とした言い方で、透は目の前に立つ人物に尋ねる。

「そこで何をしてるんですか。もう帰ったはずですよね……花尾さん」

診察室に侵入した人物は、これまでずっと透の取材に同行していたカメラマンの花尾だった。

「そのつもりだったんですけど、忘れ物です」

「……忘れ物、ですか」

「ええ、起こしちゃ悪いと思って」

花尾は軽やかに笑って言う。その笑顔は至って平穏なもので、いつもの透ならその言葉を額面通りに受け取っていただろう。しかし透はゆっくりと片手を上げると――

「忘れ物だとしたら、花尾さんが持っている『その子』は違いますよね……？」

花尾の手に握られた『ネズミのぬいぐるみ』を指で示した。

「その子を返して下さい。それは貴方のものではなく、折田佳乃《おりたよしの》さんのぬいぐるみですよ」

警戒を孕んだ声でそう言われた花尾は、目を伏せてしばらく黙っていたが……前触れもなく頬を歪ませて笑い始めた。その声の清潔感のない響きに透の表情は硬直してしまう。

そして開き直るように笑ったまま、花尾はゆっくりと透に歩み寄った――。

カルテ８　ぼくはあなたのことを許しません

折田佳乃が秋の働く武蔵山警察署に足を運んだのは、花尾が『ぬいぐるみクリニック』の取材へやってくる少し前のことだった。

――とある日、秋が配置されている生活安全課『何でも相談室』に折田佳乃は現れた。

「それで、御相談というのは？」

「自意識過剰かもしれないので、お恥ずかしいのですが……」

折田佳乃は二〇代後半の、幼さが顔に残る気弱そうな女性だった。

「いえ。犯罪を未然に防ぐには、自意識が過剰なぐらいがちょうど良いんです」

秋が穏やかにそう言うと、折田佳乃は安心したようにここ最近感じ始めた『不穏な出来事』を語り出す。それは『誰かにストーキングされているかもしれない』という事実だった。

勤め先に行く途中や、その帰り道に折田佳乃は誰かの視線を感じることがよくあった。

抱いた違和感に振り返っても、誰の姿もなく最初は勘違いだと思っていた。しかし、旅行先や地元に帰省した際にも同じような経験をしたことで、誰かにストーキングされているという確信に至ったのだ。

「折田さん。ストーキングしている相手に心当たりは？」

「心当たりですか……。友人や知人が多い方じゃないので、恨みを買われたりとかそういうことはまったく……」

俯きながら折田佳乃はそう答える。秋はとある可能性を考えながら、続けて質問した。

「……失礼ですが、交際相手は？」

「いえ、今の私にはいません。前に付き合っていた方はいますが……」

少し表情が柔らかくなった折田佳乃は、こう続けた。

「先程話したようなことがあって、私が不安になったタイミングで彼と偶然再会したんです。それから連絡があったり、助けられることが多くて……むしろよりを戻そうかなと思ってるぐらいです」

秋はその話に頷きながらも、折田佳乃の元交際相手がストーキングをしている可能性が高いと感じていた。交際相手がストーカーに変貌してしまうケースはよくあり、そのことで心に不安を覚えた相手に「何も知らないフリ」をして再び近付いて行くことも多いからだ。

しかしそうではない可能性も充分あるため、秋は部屋の中に盗聴器や発信器がついているかを探すことと、家の中の写真を撮るよう折田佳乃に告げてその日は終わった。

数日後、秋は相談室に再び現れた折田佳乃から報告を受けた。

どうやら家の中に異変は特になかったようだ。念のために家の中の写真をいくつか見せて貰った秋は、スマホに表示された清潔感のある部屋の写真を隈《くま》なく観察する。その時に、部屋の中に置かれていたものに微かな違和感を覚えた。

それは洋服ダンスの上に置かれた『ネズミのぬいぐるみ』だった。

「つかぬことを伺いますが、このぬいぐるみは……？」

「それは先日話した彼と別れる直前くらいに貰ったものなんです。ぬいぐるみって正直そこまで趣味じゃないんですけど、かわいそうに思えてなかなか捨てられなくて……。でも、どうして？」

まだ小さな違和感でしかないことを簡単に口にして、不安だけを与えては良くない。そう思った秋は、違和感から浮かび上がった一つの推察を今は言わないでおくことにした。

「いや、折田さんの部屋の雰囲気にぬいぐるみが溶け込んでない気がして、引っかかったんです」

「ああ。そういうことでしたか。白色で統一してる部屋なので、こういうぬいぐるみがあると目立ちますよね」

折田佳乃の部屋はぬいぐるみを置く想定がされていないからか、部屋の中で一番大きい洋服ダンスの上しか居場所がないようだった。

写真が表示されたスマホを折田佳乃に返すと、秋はとある提案をした。

「御相談を解決するにあたって、折田さんにお願いがあります」

「……お願い、ですか？」

秋は頷くと、穏やかに提案内容を口にする。

「折田さん。このぬいぐるみを一度こちらで預からせて貰えませんか？」

その日の帰りに『ぬいぐるみクリニック』に寄った秋は、透に『ネズミのぬいぐるみ』を診て貰うことにした。

「この子を治療するってことでいいんですよね？」

「ああ、綺麗な姿に戻してやって欲しい」

「あのう、いくら繁盛してないといっても一応先約があるんですよ？　他のお客様のぬいぐるみがあるのに友人の依頼を優先的にやる訳には――」

「駅前で新発売のシュークリームを買ってきた」

「しょうがないですね。やりましょう」

シュークリームの入った箱を受け取った透は、きびきびとぬいぐるみを観察し始める。その横で秋は手帳にメモ書きをすると、透の前に静かに差し出した。

不思議に思いながら透が手帳に目を遣ると、そこに書かれていたのは『このぬいぐるみの中に、何かが仕込まれている可能性がある。治療をするフリをしながら、中身を探って欲しい』という文字だった。

驚いた透は顔を上げると、秋は唇に人差し指を当てて目配せをする。

全てを察した透は小さく頷くと、いつも治療するようにぬいぐるみに触れ始める。ぬいぐるみの縫製を外し、中身の綿を取り出していくと、透は指先に固い感触を覚えた。

その違和感に透は息を呑むと、異物を摑んで取り出した。

……それは機械のような塊だった。機械からはコードが伸び出ていて、ぬいぐるみの内部から鼻先にまで繋がっている。折田佳乃のぬいぐるみは音楽が鳴ったり身体が光ったりする類のものではないため、中に機械が入っているのはあり得ないことだった。

「あれは恐らく盗聴器だ」

ぬいぐるみを置いて診察室の外に出ると、確信を得た秋はそう言った。

「盗聴器をぬいぐるみに仕込んでカモフラージュさせるケースはよくある。なかなか捨てられないものだから、異変に気付かれずに家の中に存在し続けることができるんだろうな」

「だったら、早くその機械を処分しないとですね」

診察室に歩いて行こうとする透の腕を、秋はぎゅっと掴んだ。

「いや、このままにしておこう」

「どうして？　盗聴されてるんでしょう？」

その手を振り払った透は、強い口調でそう言う。

「処分したら誰が犯人だか分からなくなる可能性がある。盗聴を防ぐことはできても犯人を特定しない限り、同じような出来事がまた起きるかもしれない。被害者の不安は取り除かれないままだ」

「……折田さんの不安はどうすれば取り除かれるんですか？　それに『あの子』だって……」

透がそう言うと、秋は透の目の奥をそっと見つめた。

「しばらくこのぬいぐるみを、ここに置いておいてくれないか？　彼女の家にぬいぐるみがないと気付いた犯人は、必ずここに現れる。証拠を湮滅《いんめつ》するために、どんな手を使っても近付いて来るはずだ」

「……分かりました」

透は強く頷くと、折田佳乃のぬいぐるみは『ぬいぐるみクリニック』で保管されることになった。いつか現れる犯人を待ち構えるために――。

こうして『ぬいぐるみクリニック』に現れた犯人――ルポライターの明地の手伝いとして現れたのがカメラマンの花尾だった。その名前は、事前に秋が折田佳乃から聞いていた元交際相手の名前と同じだった。

ぬいぐるみを回収するために現れた花尾だが、まさか秋と草間が警察関係者だとは思わず、見つけ出すきっかけを摑めないままだった。探していたぬいぐるみを見つけたところで、秋の目がある限り回収するのは簡単ではないだろう。草間のぬいぐるみを急遽治療することになり、回収する機会はここしかないと思い立った花尾は、透に手伝うことを申し出たのだ。

花尾は草間のぬいぐるみの治療を終えて店を出た後、駅前で明地と別れると、透が寝静まった頃を見計らい再び店に戻って侵入した。そしてぬいぐるみを回収し退散しようとしたところに透が現れたのだった――。

診察室の入り口に立つ透は、警戒心を孕んだ瞳で花尾を見つめていた。

「その子を返して下さい。それは貴方のものではなく、折田佳乃さんのぬいぐるみですよ」

花尾がこの朝、ぬいぐるみを盗みに戻って来ると察していた透は、鍵を開けたままにしておいたのだ。

追い込まれた花尾はにこりと笑い、そして乾いた笑い声を口の端から漏らすと、透に近付いていく。透は表情を硬くしたまま後退りをした。

「まだ間に合います。

「綿貫さん、何か勘違いしてないですか？」

笑顔を崩さずに花尾はそう答える。透は意味が分からず黙っていると、彼は再び口を開いた。

「俺は大変だったんですよ。中身が暴かれる前にどうやって取り戻すかを考えるのは骨が折れました。まさか明地さんが取材をしてるなんて、チャンスが巡ってきたと思いましたよ。執着するのも当然です。だってこれは、俺と彼女の大事な思い出だから」

手に持ったぬいぐるみを優しく撫でると、花尾はこう続ける。

「一度は別れてしまったけど、あと少しでまた前のような関係に戻れるんだ。彼女の気持ちに偽りはない。ぬいぐるみを捨てなかったのがその証拠。二人を繋ぐ大事な宝物なんだ、このぬいぐるみは——」

「そんなはずがないですよ」

その言い方はいつものような柔らかな様子に近いようで、何かが違う。

「大事な宝物？　ふざけないで下さい」

声に籠もっていたのは強い憤りだった。

平静さを保ちながら透はゆっくりと語りかける。

「あなたは交際相手と再び繋がるために、ぬいぐるみを利用した。しかも、その中身に細工をするという小狡《こずる》い手を使って。ぬいぐるみには誰かの側に、心に寄り添う温もりがあるんです。誰かに傷付けられたり、誰かを傷付けるためにある訳じゃない。あなたの身勝手な行いは折田佳乃さんの心の平穏を脅かしただけ……だからぼくは、ぬいぐるみを悪事に使ったあなたを許しません」

透の瞳には冷たい炎が揺らいでいて、目の前の人物をはっきりと捉えている。彼にとって許し難いことを花尾はしでかしたのだ。その怒りの感情は抑えているつもりでも、少しずつ、静かに辺りに溢れていた。

しかし、花尾はにこやかな顔を崩すことはなかった。むしろ、透の方がおかしいと表明するように、動じずそこに立っていた。

「俺がぬいぐるみを悪事に使った？　いやいや、誤解ですよ。綿貫さんにはそう見えるだけだって」

「そう、見える……？」

理解をすることができない透を見て、花尾は口の端を歪めた。

「この『ぬいぐるみ』さえ処分すれば、彼女はぬいぐるみに細工がされていたなんて知る由もない。その『真実』さえ知らなければ、俺達は自然に仲を取り戻したことになるでしょう？　この世にある物事の全てに良い側面と悪い側面がある。だからといってその両方を知る必要はない。わざわざ不安なことを知ろうしたい人間なんていないんだから」

花尾の言葉を聞いて、透は静かに首を振った。少し悲しそうに見えたのは、花尾を善良な人間だと思いたかったからだろう。

「……例え真実をひた隠しにしたところで、貴方の吐いた嘘はいずれ明るみに出ますよ。そうなった時に傷付くのは彼女です。嘘を長く隠し通すことで、真実を知った彼女の傷は大きくなる」

「それはどうかな。彼女は俺のことを信用しているからね。綿貫さん達が俺を怪しいと訴えたところで、証拠がなければ信じないだろうし」

そう言いながら、花尾は透が立つ診察室の出入り口に向けて、足を一歩ずつ進めていく。今の花尾にはもう何を言っても通じないだろう。その歪んだ笑顔を見て透はそう察してしまった。

「だから綿貫さん。俺はこのぬいぐるみを捨てて『真実』を葬《ほうむ》ることにするよ。そうすれば、俺と彼女が運命によって再び結ばれたという『真実』だけが残ることになるからさ……」

花尾は出入り口に辿り着く前に、ぴたりと足を止める。

透が手を広げて立ち塞がっていたからだ。何を言っても通じないのは分かっていても、透は彼を止めようとする意思を変えなかった。

「花尾さん。再度警告します。そのぬいぐるみをぼくに返して下さい」

すると、花尾は透の言葉に初めて調子を崩した。

「『ぼく』に……？　これはあんたのものじゃないだろ！」

耳を痛める程のその怒号は、この空間には相応しくない声量だった。

「これは、これはっ、俺が愛する彼女に渡したものだ！　これは『お守り』なんだよ！

変な輩が彼女に付きまとわないように、俺が愛を込めて作ったものだ！　この気持ちは誰にも咎められない！　裁く権利なんてない！　清廉潔白なものだ！」

見知った人物が激昂する様子は、とても見ていられないものだった。

これまで必死に説得していたのは、一緒に過ごした時間が少しでもあったからだ。透が治療の途中で診察室を出た際に、秋から彼がぬいぐるみに盗聴器を仕込んだ人物だと確定したと教えられた。それでも俄《にわか》には信じられなかった。

しかし、目の前で怒り散らしている人間は、先程まで一緒にいた花尾ではない。彼の本当の姿は歪な犯罪者だった。その事実がはっきりと分かってしまった時、初めて透は自分の抱いている感情に気付く。それは、恐怖心だ。

しかしその感情を実感するには、時は既に遅かった。

目の色を変えた花尾が、ゆっくりと透のもとへ再び歩き出したからだ。

「ごめんなさい。綿貫さんみたいなか弱い子に手は出したくなかったけど……貴方がいけないんだ」

そう言った花尾は、鞄の中から真っ黒な機械のようなものを取り出した。

透が目を凝らしても診察室は暗く判別がつかない。花尾がそれをカチっと鳴らすと、暗闇の一点に光が走る。花尾が摑んでいたのは電流の迸《ほとばし》ったスタンガンだったのだ。

カチカチとスタンガンを鳴らしながら近付いて来る花尾に、透は身を構えるしかない。

足がすくんで動かなくなっていた。

それにもう、抵抗しても間に合わない距離まで花尾は詰め寄ってきていて――。

花尾の左手が透の身体に伸びていくと、その手指は透の頬を這い、髪を掬い取った。

びくりと身体を震わす透に、安心させるような笑顔を花尾は向ける。

「騙して悪かったね。綿貫、さん」

そしてもう片方の手に摑んだスタンガンを近付けていった――。

「――っ⁉」

思わず透は声を上げる。しかしそれは、スタンガンによる攻撃を喰らったからではない。透の身体が不意に後方に引っ張られたからだ。

今、目の前で何が起きたのか、花尾が理解するには時間が足りなかった。

透が診察室の出口に退いたことで、反射的に花尾は追いかけようと一歩足を踏み出した。その瞬間、花尾の右手に激痛が走った。

「ぐ、あ――っ！」

右手首に感じた強烈な痛みは指の感覚を不明瞭にさせた。続けて強く捻られると摑んでいたスタンガンが床に落下した。

もう一人の『誰か』がこの場にいて、自分に攻撃を与えている――あまりにも相手の動きが速く、ようやく花尾は理解できた。

しかし、脳の処理速度と身体の動きが嚙み合わず、花尾は『誰か』を確認する前に落下したスタンガンを咄嗟に拾おうとすると、今度は背中に大きな痛みを感じる。そのまま身体は床に倒れていった。

攻撃が止むと、ようやく花尾は口を開くことができた。

「だ、誰だっ――!?」

そう叫んで顔を上げるが、鳩尾《みぞおち》に重い蹴りを喰らって仰向けに転倒する。

どこが痛いのか分からないぐらい身体中に痛みが溢れて、自分の状態が分からない。一瞬の間に再起不能にされ、為す術がないまま花尾は大の字になるしかなかった。攻撃した相手の正体は分からないが、今のような洗練された動きを透のような一般人ができる訳がない。できるとするならば……。

「……秋くん」

透がそう発して、確信を花尾は得た。

呼吸を荒らげ、痛みに朦朧《もうろう》とした花尾の視界に姿を現したのは、透の友人である警察官・英秋だった。

花尾は呻きながら辺りを確認するが、スタンガンは診察室の端に追いやられている。

秋が蹴り飛ばしたのだろう。届くはずがないのに花尾は手を伸ばそうとすると、退路を断つように秋は床を踏み鳴らした。

「もう、諦めろ」

冷え切った声が診察室に重たく響く。花尾が両手で顔を覆うと、指の間から二人をぎろりと見た。

「そうか。そりゃそうだよな。思惑がばれてる時点で詰んでたようなものか。くっ……くふふ、あはははははっ!!!!」

壊れた玩具のような笑い声が、指の隙間からこぼれ落ちていく。

秋の背後に隠れていた透は、怯えるように秋の羽織っているコートをきゅっと摑んでいる。

その手を秋は優しく外すと、一歩前に踏み出した。

「……花尾柚樹。住居侵入・暴行罪の疑いで、現行犯逮捕する」

そして懐から手錠を取り出した秋は、目の前にいる犯罪者を確実に捕らえたのだった。

日常には馴染まない赤いランプが爛々と光っている。

『ぬいぐるみクリニック』の前には一台のパトカーが停車していた。花尾を捕らえた秋は車を手配の連絡をしていたのだ。

手錠を掛けられた花尾を連れ、秋は車に乗り込んでいく。

「では、お願いします」

そう言うと、運転手は車を発進させた。

秋が窓の外を見遣ると、心もとない顔の透が店の前に立っている。車は速度を上げていくと、その姿は遠のいていった。

隣に座る花尾は手錠を掛けられてから一言も発していない。全てを諦めたのか身体を隠すように縮こまり座っていた。

「そういえば、花尾さんの質問に答えてなかったですね」

秋がそう言うと、俯いたままだった花尾がぴくりと動いた。

「……質問？」

「聞きましたよね俺に。どうして今の部署で働いているのか。出世コースを蹴ってまで、今の場所に拘《こだわ》る理由です」

それは先程、草間の息子のぬいぐるみの処置をしている際に話していた話題の続きだった。

花尾が興味を示しているのを察すると、秋はゆっくりと口を開く。

「あいつが……友達が大切だからです」

屈託のない声色で秋はそう言った。

そしてコートの胸ポケットからはみ出た携帯のストラップを秋はそっと指で触れる。

それはクジラのぬいぐるみのストラップだった。

「前みたいな仕事をしていると、大事な友達をいざという時に助けられないんです。出世欲がない訳じゃありません。そりゃ、人並みにはありますよ。仕事に打ち込んで世間の平和を守りたいなんて気持ちももちろんあります。この仕事を志《こころざ》したきっかけはそんな気持ちからです。でも……、俺にとってはそれ以上に大事なんです、あいつが」

そして秋は花尾の顔を見ると、口の両端を上げる。

「だから、残念でしたね花尾さん」

そう言われ花尾ははっとなる。いつの間にか唇を強く噛んでいたからだ。

これまで人との繋がりを花尾は疎ましく思ったことはない。というより眼中になかった。それは自分と彼女の関係はとても堅固で、その結びつきは決して解かれることはないと信じていたからだ。

しかし、その信仰はいとも簡単に崩れ去ってしまった。続くと思っていた彼女との関係性に終わりが訪れてしまったのだ。それは花尾にとって想定外の出来事だった。

すぐには関係性が修復しないと悟った花尾は、別れ際にプレゼントしたぬいぐるみに盗聴器を仕込んだ。彼女に悪い虫がつかないように、再び結びつく時を虎視眈々《こしたんたん》と狙うために……。

そんな現状に成り下がった花尾にとって、目の前に在る強い関係性は自分の心を挫くには充分だった。自分が手に入れられなかったものによって、野望は完全に潰えてしまったのだから。

その悔しさは嗚咽のように花尾の口から流れ出て、噛みしめた唇にはじんわりと血が滲んでいた。

エピローグ

「この度は本当にありがとうございました」

花尾が逮捕されて数日が経った後、秋が勤務している『何でも相談室』には、折田佳乃が秋に御礼を伝えにやってきていた。

「まさか、彼がストーカーだったなんて……」

伏し目がちに折田佳乃はそう溢す。裏切られたショックが強いのだろう、その傷が癒えるのには時間が必要だと秋は感じた。

それに今回のような度を越したストーカー行為は微罪処分になることはない。交際相手が犯罪者になってしまったことは、そう簡単には咀嚼《そしゃく》できないはずだった。

「英さんがぬいぐるみの細工に気付いてくれなかったら、このまま何も知らずにまた彼と付き合っていたかもしれません。そう思うと……」

途中で言葉を噤んでしまうと、今度は秋が口を開いた。

「『ぬいぐるみクリニック』、俺の友人が経営しているぬいぐるみの病院です。ぬいぐるみの汚れや負傷を治療しているんです。端から見ると特異なものに映りますが、友人は大好きなぬいぐるみの治療を通し、持ち主の問題もケアしようとしています」

「つまり、ぬいぐるみの中身が分かったのは、英さんの……」

折田佳乃が顔を上げると、秋は静かに頷いた。

「これは、俺の個人的な身勝手なお願いです。ただ、ぬいぐるみのことだけは嫌いにならないで欲しいんです」

それは、不安な心に呼びかけるような、まっすぐで懸命な声だった――。


事情聴取を終えた秋は、一日の業務を終えて武蔵山警察署を後にする。出入り口で足を止めると、マフラーに顔を埋めた透がぽつんと立っているのが目に入る。透も気付いたのか表情を一変させた。

「秋くん、お勤めご苦労様でした」

近くまでやってきた透は声を掛ける。

「……珍しい」

「今日、折田佳乃さんに会うと聞いていたので……大丈夫でしたか？」

表情に現れている微かな翳りから、ぬいぐるみがきっかけで起きた事件の行く末が心に引っ掛かっていたのだろうと秋は思った。

「……お前が気にすることじゃない」

秋は無愛想にそう言うと、すたすたと歩き始める。透はその一歩後ろを黙ってついていった。武蔵野駅の方角に足を進めていくと、往来する人の多さに口を開くのが憚《はばか》られる。

そして閑散とした通りに出て行くと、横断歩道で立ち止まった秋はようやく口を開いた。

「ていうかお前こそ。大丈夫だったのか？」

秋は事件があってから上司に詳細を報告したりとバタバタしていて、こうして透と話すのは数日ぶりだった。

「はい。商店街の人達に何があったのって色々聞かれちゃいましたけど」

「俺も宙太郎から騒々しい電話がかかってきた」

「ああ、あの後すぐに連絡があったから話しちゃったんですよねえ。心配させちゃったみたいです」

透が困ったように笑うと、秋はゆっくりと振り返った。その顔は不機嫌そうに見える。

「もしかして秋くん、怒ってますか？」

そう指摘されると、首を傾げている透にゆっくりと詰め寄った。

「俺、お前にちゃんと言ったよな。『俺が駆け付けるまであいつをクリニックから出さないようにして欲しい』って……。危険を顧みず説得して食い止めろってことじゃない。診察室のドアに鍵でも掛ければ何とかなったのに、どうして素直に言った通りにしなかったんだよ」

「……もう終わったことじゃないですか」

信号が切り替わり、透は平然と足を進めていく。追いかけるように後に続いた秋は、横断歩道を渡った先でその肩を摑んだ。

「話を勝手に終わらすな。あの男が釈放されたら、逆恨みをされてまた何かが起きるかもしれない。そういう可能性を考慮して俺は言ったんだ」

「最初は言う通りにするつもりだったんです」

振り向かずにぽつりと透は呟き、足を進めていく。その先にある小さな川には橋が架かっていて、その欄干に透は静かに身体を預けた。隣に秋が立つと二人は目の前に流れる川をぼんやりと眺める。

流れてくる枯れ葉が行方を晦ますと、途切れていた会話が再開した。

「……けど、やっぱり我慢できなくて。更生して欲しいという気持ちよりも、大事にしてきたものを無下にされた怒りみたいな気持ちが抑えられなくなったんです。今言わなかったら、その言葉も届かなくなっちゃう気がして」

「だとしても、もっと手段はあったはずだ。俺が間に合ってなかったらって考えると……心配掛けさせないでくれよ」

そう言われた透は眼を細め、秋をじとっとした瞳で見た。

「秋くんって過保護ですよね」

「お前はけっこう頑固だよな」

少しの間の後、二人は微かに笑い声を漏らす。

「まあそういう事態になっても、また秋くんが来てくれれば大丈夫。ですよね？」

「おい、人を便利屋みたいに扱うんじゃない」

「でも『友達は大切』なんでしょ」

「何の話だ？」

しかしそれは身に覚えのある言葉だった。

「さっき、車の中でそう言ってたじゃないですか」

確かにその記憶はあるが、どうしてその話を知っているのか。そう思っていると、透はすぐにその答え合わせをした。

「秋くん、スマホの音声通話を切らないで車に乗ってましたよね」

花尾が診察室に侵入した際、透は秋に連絡を取っていた。『通話状態のままでいろ』と言われた透は、秋が駆け付けるまで通話をオンにして花尾に説得を試みていたのだ。

「……全部筒抜けでしたよ」

悪戯をした猫のように、にこりと透は笑った。

黙ってその顔を見つめていた秋は、ふとした拍子に透の眼前に詰め寄っていく。そして「？」と首を傾げた透のマフラーを強く引っ張った。「うえっ」と苦しむ声が漏れると、秋は何かに気付いたようだった。

「草間さんからだ」

スマホを取り出して確認した秋は、その画面を透に向けた。

画面に表示されていたのは、草間の息子・陽向の修学旅行の写真だ。そこには治療によって綺麗になったカモノハシのぬいぐるみが映っていた。リュックサックに入ったぬいぐるみと一緒に、楽しそうに修学旅行を満喫している。見ていると思わず笑みが溢れてしまうような写真だった。

「良かった。一緒に思い出を作れたんですね」

ほっと安堵したような、穏やかな表情を浮かべながら写真を眺めている。

その額を小突かれて顔を上げると、秋がこう言った。

「お前はクリニックで治療をすることで、誰かの笑顔がこうして生まれる。今回のことは残念だったけど、時間が経てばまた笑顔を作れるようになる。それはいつもやっていることと一緒だ」

「……そうですね」

曇りのない表情で、透はそっと頷いた。

息を吐いた秋がそのまま歩き始めると、背後で驚く声が聞こえた。

「何、」

「見て、雪」

踏み止まって空を見上げると、景色は一変していた。

砂粒のような小さな雪がいつの間にか曇天を埋め尽くしている。街灯に照らされながらきらきらと辺りを舞っていた。

瞬きをしても雪は絶えることなく、ゆっくりとアスファルトに溶けて消えていく。そんな様子を二人はしばらく眺めていた。のんびりとその光景を見ていられるのは積もる心配がないからだろう。都会の雪はとても大人しかった。

秋が隣に立つ人物を見遣ると、楽しそうにまだ雪を眺めている。子供のような横顔は、昔からずっと変わっていなかった。

「見た、帰ろう」

雪の訪れのせいか寒さが増し、透は悴《かじか》んだ手を白い吐息で温めていた。

このままでは風邪を貰ってしまう可能性がある。そう思った秋は返事を待たずに歩き始めた。

川を渡って道を進んでいくと、交通量が増えて横断歩道で足を止める。オートバイとトラックが通り過ぎて静寂が訪れると、お腹の鳴る音が響いた。その音は重なっていて、二人は顔を見合わせる。

「……どこかで飯でも食ってくか」

「良いですね。駅前に新しいご飯屋さんができたって聞きました」

「そこにするか。店の名前は？」

「えーっと、確か……」

スマホで店の場所を秋が探し始めると、透は何かを思い出したのか大きな声を上げた。

「あっ、そうでした」

「今度はなんだよ」

「すっかり忘れてました。明日までに退院させないといけない子がいたんでした。秋くん、手伝ってくれません？」

当たり前のように透はそうお願いをする。ため息を吐いて呆れながらも、秋は微かに笑っている。

「しょうがないな。じゃあ晩飯は買って帰るか」

「ですね。コンビニのおでんとかどうですか」

「もう冬なのに食べてなかったな」

「ちなみに秋くんの奢りですよ」

「なんでそうなる」

「えっへん。実は財布を忘れて家を出てしまったんです」

「誇らしげに言うんじゃない。というかさっき外で飯食う流れだった時は黙ってたのかよ」

「おでんといえば大根とはんぺんはマストですよね」

「おい、奢ることを承諾した覚えはない」

そう言い合っている内に、二人は寒さのことをすっかり忘れてしまっていた。きっとそれは、安堵するような優しい笑顔が生まれていたせいだろう。透の愛するぬいぐるみのように温かく、肌に溶ける雪の冷たさも微塵も感じない。

粉雪に包まれた並木道を、透と秋は仲睦まじく歩いていった。


『ぬいぐるみクリニック』——それは、駅から少し離れた場所にある、ぬいぐるみを治療する特殊な病院である。

店主である綿貫透は持ち主とぬいぐるみの絆を再び縫い合わせるように、丹念に愛情を込めて治療を施していた。そして警察官の英秋を筆頭とした支えもありながら、店を一人で切り盛りしている。

次はどんな事情を抱えたぬいぐるみがクリニックにやって来るのだろう。治療をすることで問題を解決し、持ち主に笑顔になって貰うことが透にはできるのだろうか。

それはまた、別の機会に——。

あとがき

小さい頃の自分は、日中は特撮ヒーローのソフビ人形で遊び、夜はベッドの上にぬいぐるみを敷き詰めて抱き枕を抱いて眠るような少年でした。少年的な趣味と少女的な嗜好が混ざったまま現在に至ったことが、本作の執筆に繋がったのでしょうか。

思春期になりベッドにぬいぐるみは置かなくなりましたが、スクール鞄にぬいぐるみのストラップを付けていたりと、周りの目を気にしているようで気にしていない学生時代。大学を出て一人で暮らすようになってから友達に何故だかぬいぐるみをよく貰うようになり、今の自室は幼い頃のベッドの上のような光景が再び生まれています。

個人的には本作の主人公「綿貫透」のように、男子でありながらぬいぐるみを持つことは現代ではさほど珍しくもないのではと思っています。キャラクターグッズとしてのぬいぐるみなら、誰しもが部屋に一つは置いているのではないでしょうか。実際に同性の友人の家に足を運ぶと、ぬいぐるみを見かけることはとても多いです。

そんな風にぬいぐるみが当たり前に日常に馴染んでいることに違和感を抱かなくなってきてはいますが、本作の登場人物のような愛好家でない人達にとって、ぬいぐるみはどんな存在なのでしょうか。ただ単に可愛い置物でしかないとして、無意識に家に置く理由は何なのだろうかと。執筆をしながらぼんやりと考えていました。

特に結論は出ずに執筆がこのページに差し掛かりそうな頃、不急不要の外出自粛を要請され家に篭もる日々が始まりました。塞ぎ込みがちな日常になりそうですが、ひたむきに働いている友人達に余裕が生まれ、久しぶりに画面越しに会話ができるようになったのです。

実際に会うことはできないので、スマホのトークアプリの音声通話機能を介して会話をしながら食事をするだけです。普段メッセージ機能しか使わないので、せっかくだし他の機能も使ってみようとアプリを弄ってみました。

そんな時にビデオ通話に切り換えてみたところ、お互いの画面に映ったのは自らの顔ではなく『ぬいぐるみ』だったのです。まるでお互いの家族を見せつけ合うかのような一瞬でしたが、自然な笑みと一緒に安堵感が生まれた瞬間でもありました。

もしかすると、前述の出来事のようなぬいぐるみから貰える『安心感』を、私達は無意識に求めて部屋に置いているのかもしれません。本作で目指していたのは癒やしの物語なので、読後に『安心感』を抱いて頂けると良いなあと改めて思った次第です。

本作は小説を世に出し始めて初の連作短編集になります。そして著作で初めて書き下ろす『あとがき』でもありました。そんな初めて尽くしの作品をお手に取って頂きありがとうございます。

ぬいぐるみを題材にした小説を出したいという筆者の相談に乗って下さった編集の山田様、原稿の修正にお付き合い頂いた岡田様、素敵な透くんと秋くんとぬいぐるみ達を描き下ろして頂いたイラストレーターのおかざきおか様。今作に携わって頂いた皆様に深い深い感謝を。

名前の通りふわふわした綿貫透とぶっきらぼうな英秋のお二人にまた会いたいと応援頂ければ、再び相見えることもあるかもしれません。

それまで皆様、どうか御元気で。

内田裕基　拝

この物語はフィクションです。
実在の人物、団体等とは一切関係がありません。
本作は、書き下ろしです。

内田裕基先生へのファンレターの宛先

〒101-0003　東京都千代田区一ツ橋2-6-3　一ツ橋ビル2F
マイナビ出版　ファン文庫編集部
「内田裕基先生」係

ぬいぐるみ専門医　綿貫透のゆるふわカルテ

2020年5月20日　初版第1刷発行

著　者　内田裕基
発行者　滝口直樹
編　集　山田香織（株式会社マイナビ出版）
　　　　岡田勘一（有限会社マイストリート）
発行所　株式会社マイナビ出版

〒101-0003　東京都千代田区一ツ橋2丁目6番3号　一ツ橋ビル2F
TEL　0480-38-6872（注文専用ダイヤル）
TEL　03-3556-2731（販売部）
TEL　03-3556-2735（編集部）
URL　https://book.mynavi.jp/

イラスト　おかざきおか
装　幀　山内富江＋ベイブリッジ・スタジオ
フォーマット　ベイブリッジ・スタジオ
ＤＴＰ　富宗治
校　正　株式会社鷗来堂
印刷・製本　図書印刷株式会社

 ISBN978-4-8399-7181-6
Printed in Japan

Fan
ファン文庫

あやかし動物病院の診察カルテ

五十年越しの初恋

過ごす時間はそれぞれ違うけど、変わらない思い——
人と動物とあやかしが織りなす切なく温かな物語、第2弾！

動物病院での勤務にも慣れてきた梨々香は直輝との間に先生と看護師として信頼関係が築けていると思っていた。しかし、なぜか彼は梨々香を避け始め…？

著者／一文字鈴
イラスト／大城慎也

Fan
ファン文庫

万国菓子舗　お気に召すまま

雪の名前と甘いレモンコンポート

誰かがそばにいてくれるからこそ
自分らしく生きることができる

買い出しの帰りに疲れ切った男性を見つけた久美。
美味しいお菓子を食べて元気になってほしい久美は、
男性に好きなお菓子を尋ねるが——？

著者／溝口智子
イラスト／げみ